W0200052

ATRIUM

MICHAL ZAMIR

DIE SIEDLUNG

Roman

Aus dem Hebräischen von Ruth Achlama

Atrium Verlag · Zürich

Inhalt

Erster Teil

EIN SPA

1

An einem glutheißen Montag im Juni, kurz vor elf Uhr, als er gerade dabei war, Zehn-Agurot-Münzen zu ganzen Schekeln in Zeitungspapier zu rollen, sackte Herr Glück zu Boden, riss im Fallen Quittungsblöcke und verstaubte Notizbücher mit, die schon immer beunruhigend schräg auf der Theke gestanden hatten.

Frau Sarah Gabrieli, die etwa eine Viertelstunde später den Laden betrat, um auf einen Streich die letzten beiden Posten von ihrem Zettel zu streichen – eine Abendzeitung und Batterien fürs Transistorradio –, rief seinen Namen und wartete geduldig.

Stille. Ein eigenartiger, leicht süßlicher Geruch hing in der Luft, wie nach Mais. Recht haben sie, die jungen Leute, die Papiertaschentücher benutzen, dachte Frau Gabrieli, als sie sich die Schweißtropfen mit einem bestickten Stofftaschentuch von der Stirn tupfte. Sie rief erneut den Namen des Geschäftsinhabers, ein leises Bangen schlich sich in ihre Stimme, fast schon das Empfinden, mit dieser Stille könne etwas nicht ganz stimmen. Als sie auch das zweite

Mal keine Antwort erhielt, stellte sie sich auf die Zehenspitzen und schrie nun fast nach hinten ins Warenlager. Ihre Stimme hallte durch den menschenleeren Laden, als sie den alten Herrn Glück plötzlich zusammengerollt auf dem Boden liegen sah, in Embryonenstellung, was nicht leidend oder erschrocken oder schmerzverzerrt wirkte, sondern im Gegenteil bequem, beinahe wohlig, vielleicht sogar mitleiderregend in Anbetracht seines Alters, der blauen Nummer auf dem Unterarm, der abgetretenen Sohlen seiner Ledersandalen, des schlaffen Hosengummis, das unter dem Gürtel seiner verblichenen Hose hervorlugte. Sie rief den Roten Davidstern an.

Sie wollte nicht in der Nähe von Herrn Glück bleiben, an dessen Ableben kein Zweifel bestand, ihn aber auch nicht allein lassen. Die Frage des gebührenden Abstands war schwierig, fast so wie die Gegenwart des Todes selber gegen Mittag eines Sommertages, mitten in einem Schreibwarenladen. In dem Regalbereich, der durchs Schaufenster einzusehen war, fand sie relative Ruhe. Sie stemmte resolut die Hände in die Hüften, aber da ihr rein gar nichts einfallen wollte, was sie hätte tun oder bedenken können, sanken ihre Arme schlaff am Körper nieder und warteten mit ihm auf das Eintreffen des Krankenwagens.

Die Minuten zogen sich endlos in die Länge. So ein Pech. Sie bemitleidete in erster Linie Herrn Glück, der da mausetot auf dem kalten Fußboden lag, aber auch sich selbst: Es war ja reiner Zufall, aber trotzdem – ausgerechnet sie. Wehmütig blickte sie von ihrem Standort im Ladeninnern auf Herrn Glück, der am helllichten Tag zusammengerollt wie ein Baby dalag, und betrachtete seinen kahlen Eierkopf. Zu Lebzeiten hatte dieser Kopf ausgesehen, als verbinde ihn ein unsichtbarer Faden mit einem launischen

Marionettenspieler – von dem Frau Gabrieli im Stillen annahm, dass es die Schoah war –, aber jetzt ruhte er auf seinem dünnen bleichen Arm, schlaff wie der Kopf eines Babys an der Mutterbrust. Die blaue Nummer war etwas verschwommen, aber noch lesbar: 1, 7, vielleicht 4, was tat das zur Sache. Seine Züge wirkten entspannt, die Runzeln wie ausgebügelt, friedlich. Der Tod hatte ihm sein Gesicht wiedergegeben, das, das er hätte haben können, wäre da nicht sein Leben gewesen, das Leben überhaupt.

Frau Sarah Gabrieli kramte ihre Lesebrille aus der Handtasche, blickte auf die winzige goldene Uhr an ihrem linken Handgelenk – zwölf Minuten nach elf –, und da sie die Brille schon mal auf der Nase hatte, trat sie etwas näher an die Regale, um sich die Preisschilder genauer anzusehen. Zu Lebzeiten des Verstorbenen war es ihr unangenehm gewesen, sie zu studieren, auch nur einen Blick darauf zu werfen, um ja nicht den irrigen Eindruck zu erwecken, sie würde sich aus Preiserwägungen einen Kaufwunsch versagen. Nein, um Himmels willen! Bei ihm kaufte sie gewöhnlich nur Zeitungen, selten etwas anderes. Ja. Winzige rechteckige Preisschildchen, deren verschnörkelte Ziffern deutungsbedürftig waren.

Ist das eine Sieben oder eine Vier, rätselte sie über den Preis eines magnetischen Schachspiels, das sie für ihren Enkel Nadav ins Auge fasste. Die Brettspiele stapelten sich auf grau verstaubten Metallregalen, die immer wieder angestückelt worden waren. Einige Spiele kannte sie, und sie staunte, dass er immer noch *Ein Paket ist angekommen* von Ephraim Kishon führte. Den hatte sie noch nie gemocht. Er verdarb einem bloß die gute Laune. Sie fuhr mit dem Finger über mattfarbene Pyrex-Schüsseln, hinterließ einen Streifen müden Glanzes, nahm eine Porzellanpuppe zur

Hand, in deren üppigen Kleiderrüschen sich Staubseen gesammelt hatten. Achtzig Schekel, na, also wirklich … Ihr Blick schweifte über Spardosen, verspielte Uhren, Kerzen, verblichene Stoffblumen, die allesamt zweimal so viel – mindestens zweimal so viel – kosteten wie ihre Pendants im nahe gelegenen Einkaufszentrum.

Zum nahen Einkaufszentrum sind es zehn Minuten per Taxi oder fünf bis sechs Busstationen. Der Bus kommt alle halbe bis ganze Stunde durch die Wohnsiedlung, voll besetzt mit korpulenten Frauen auf dem Weg zum Markt, deren große Hintern und Einkaufsshopper über den Sitz hinausragen und Sarah nur noch ein schmales Plätzchen lassen, neben einer faltigen, stoppeligen Achselhöhle, die nach Schweiß und Kunstfaser riecht. Morgens und mittags wimmelt es von lauten Schulkindern, die ihr keinen Platz frei machen, und von Bauarbeitern, Au-pair-Mädchen und Altenpflegern, deren Platz sie auch dann nicht belegt, wenn sie ihn ihr anbieten, denn sie arbeiten ja so schwer. Es gibt auch einfach Arbeitslose, Gesichter, die sie schon seit Jahren im Autobus trifft und die mehr und mehr versteinern – zahnlos, eingefallene Wangen, schlaffe Muskeln. Nicht gut, seufzt sie und blickt lieber durchs Fenster, sieht eine gepflegte Landschaft, die ihr in Erinnerung ruft, dass wir hier im Lauf der Jahre doch etwas aufgebaut haben.

Die Sanitäter traten leise ein, gingen zu dem Toten, untersuchten ihn, störten die Ruhe, die seine Haltung ausgestrahlt hatte, bedeckten ihn mit einer schwarzen Plastikplane, legten ihn auf die Bahre, trugen ihn zum Ambulanzwagen und eilten gleich darauf zu der alten Dame, die im Laden wartete, die keinerlei Hilfeleistung brauchte und in aller Kürze die Fragen beantwortete. Ja, genau so habe sie den Toten vorgefunden, ihn nicht angerührt, zwischen elf

Uhr zehn und elf Uhr fünfzehn. Auf den ersten Blick habe er sowohl tot als auch so ruhig ausgesehen, dass sie nicht stören wollte. Die Angaben wurden notiert, der Fragebogen abgeheftet. Itzig, der Sekretär des Siedlungsrates, rief die Tochter des Verstorbenen an, um ihr mitzuteilen, dass alles vorüber war.

2

Der, für den die Sache in diesem Moment erst losging, war Gabi Chayek, der Immobilienmakler, der die Wohnsiedlung souverän regierte. Stämmig und sonnengebräunt, mit markanten Gesichtszügen, die einem großen Mann gut gestanden hätten, bei seinem kleinen Wuchs aber eindeutig übertrieben wirkten, dachte er sich umgehend ein lukratives Angebot aus – einen guten Preis für das Ladenlokal wie auch für das veraltete Inventar.

Frau Lichtmann, die Tochter des Verstorbenen und schon seit zwei Jahren verwitwet, hörte sich Chayeks Angebot interessiert an. Ihre Augen schweiften über seine harten Züge, die quadratische Kinnpartie, die breiten Wangenknochen. Er sah aus wie ein Ganove. Sie hatte ohnehin nicht vorgehabt, eine rasche Entscheidung zu treffen. Als Alleinerbin einer Vierzimmerwohnung in Ramat Gan, zentral gelegen, Rückfront, teilmöbliert, sofort beziehbar, und eines Ladenraums von 75 Quadratmetern mit angeschlossenem Lagerraum von 50 Quadratmetern im Geschäftszentrum der Wohnsiedlung Newe Chanit handelte sie mit der Bedachtsamkeit, die Witwen mit guter Pension sich gewöhnlich erlauben, wenn sie Immobilien erben.

Sie brauche Bedenkzeit, sagte sie. Es sei noch zu früh,

Besitz zu verkaufen. Auch Chayek brauchte etwas Zeit, zwecks Nutzungsänderung und Zusammenlegung der Ladenlokale, was neben der Genehmigung der Stadtverwaltung auch der Zustimmung des Siedlungsrates bedurfte, wie bei Genossenschaften üblich.

In den letzten Jahren hatten sich Chayeks Beziehungen zum Siedlungsrat stark verschlechtert, ganz anders als bei der Stadtverwaltung, wo er die Dinge erfreulich leicht abwickeln konnte. Mit dem Rat lief alles in angespannter Atmosphäre, und was Chayek im Höchstfall als Interessengegensätze auffasste, betrachteten die alteingesessenen Ratsmitglieder als Gefechte im kompromisslosen Krieg um das Gesicht der Siedlung, das Gesicht des Staates, ja, um das Ansehen der ganzen zionistischen Vision.

Die Alteingesessenen der Siedlung spürten, dass sich ein Geschäftsabschluss anbahnte, denn warum sonst sollte Gabi Chayek es wohl für nötig befunden haben, bei der Beerdigung zu erscheinen? Sarah Gabrieli maß mit den Augen seine niedrige Gestalt, als sähe sie ihn zum ersten Mal. Die Alteingesessenen, obgleich wohlvertraut mit seinen Macken, konnten sich nicht vorstellen, dass er hier am Ort ein Spa errichten wollte. Ein paar Monate zuvor hatte Chayek das Ladenlokal neben dem von Herrn Glück erworben: Mordechais Feinkostgeschäft, das seither leer stand. Herrn Glücks Ableben war für Chayek nun eine Gelegenheit, die er sich nicht entgehen lassen durfte – die Zusammenlegung der beiden Ladenräume zu einer Gesamtfläche von 200 Quadratmetern ermöglichte die Errichtung eines Spas. Das war nur der erste Schritt des umfassenden Liftings, das er dem ganzen Geschäftszentrum verpassen wollte, und wenn alles nach Plan liefe, würde er noch einen zweiten Stock draufsetzen – ein Vorort-Einkaufszentrum, möglichst in seinem Alleinbesitz, notfalls in Partnerschaft, eine Einkommensquelle für Generationen von Kindern und Enkeln.

Frau Gabrielis hübsche Tochter Hilali, die ihre Mutter begleitete, konnte sich das geplante Spa dagegen sehr gut vorstellen. Sie war Innenarchitektin und außerdem intim bekannt mit Gabi Chayek, dessen Blicke in ihre Richtung begierig, derb, schamlos wirkten, und das nicht nur unter Berücksichtigung dessen, was seit damals zwischen ihnen stand, auch wenn dieses Damals schon dreißig Jahre her war. Tatsächlich hatte Chayek jedoch keine ernst zu nehmenden Hürden auf dem Weg zu seinen Zielen zu bewältigen, und wenn Hilali diese auch nicht genau kannte, ahnte sie doch ihren Umfang, ihre Wucht.

3

Das Ratsbüro lag im letzten Eckzimmer des halbrunden Ladengangs, der den großen gepflasterten Platz von drei Seiten umgab. Tagsüber fanden darin Seniorenkurse statt – Bibelkunde, jüdische Philosophie, Kabbala, Musik und Russisch –, und einen Abend im Monat tagte dort der Rat, der Rat der Wohnsiedlung. Früher mal waren die Versammlungen fröhlich verlaufen, als gemütliches Zusammensein unter Brüdern. Die Alteingesessenen waren damals sechzig und etwas darüber, allesamt Berufsoffiziere, die kurz vor oder nach dem Jom-Kippur-Krieg in die Reserve übergewechselt waren. Schraga Livni beförderte eine Flasche Cognac mittlerer Qualität zutage. Farjoun schüttete Pistazien und Erdnüsse in eine ekelhafte Plastikschale, die er neben der Spüle gefunden hatte, zwar dreckig, aber er gehörte nicht zu denen, die Geschirr spülen. Nach der Rückkehr von einer gelungenen Auslandsreise brachte Matan Scharon einen guten Chivas mit, den man genüsslich aus Styropor- oder Plastikbechern schlürfte. Schwarzis Frau Rutha pflegte Salzgebäck mitzuschicken. Alle Achtung für Rutha, ein guter Kumpel, wirklich. Man saß und redete gemächlich in ein und derselben Sprache über diverse Dinge, konnte zu Themen übergehen, die gerade bei den Streitkräften anstanden, interne Informationen zwischen den großen Wirtschaftsunternehmen austauschen und schließlich mit dem Gefühl auseinandergehen, dass sie die Zügel trotz allem noch fest in den Händen hielten. Doch in den letzten zwei Jahrzehnten, in etwa seit dem Zeitpunkt, als ohne Vorwarnung neue Einwohner in die Genossenschaft einzutreten begannen, war alles gewieft, aggressiv, gewaltsam, Millionen wert geworden. Den Alteingesessenen war die selbstverständliche Gelassenheit abhandengekommen, die Gründern vorbehalten ist. Sie mussten auf der Hut sein. Hinter jedem Busch verbarg sich ein Wolf, hungrig wie tausend Wölfe.

Itzig, der Ratssekretär, zerrte einen gelben Schreibblock aus seiner Schublade und schrieb das Sitzungsprotokoll. Der Betreff: Gabriel Chayeks Antrag auf Zusammenlegung zweier angrenzender Ladenlokale und deren Nutzungsänderung. Ein Spa? Das stellte sich Schraga Livni im Geist als herodianisches Bad mit allen Buhlereien und Schikanen vor. Mit allerlei Miezen, die Männern mit um die Lenden geschlungenen Handtüchern eine Massage verabreichten, und diese Vorstellung erschien ihm unerträglich. Ein Bordell in einer Wohnsiedlung, deren Alteingesessene das Land eigenhändig erobert hatten? Auch Schwarzi und Jehoschua Gat fanden das unpassend, aber die Vorahnung einer unvermeidlichen Niederlage verlieh ihren Worten einen klagenden, elegischen Unterton, ja fast einen Anflug von Resignation – obwohl ein Spa nicht einfach ein weiterer großkotziger Einfall war. Ein Spa war ein Ärgernis, bedeutete die Auflösung der letzten noch bestehenden Bande, ein Spa war ein weiterer Schritt auf dem direkten Weg zum Untergang der israelischen Gesellschaft. Die Vorahnung nahenden Zerfalls, die nach 1973 die Herzen erfasste, hatte sich seither gefestigt und vertieft: mit den Jahren, mit dem Libanonkrieg, mit dem jüdischen Untergrund, mit der Machtlosigkeit und der Korruption und der punktuellen Wehrdienstverweigerung – seitens der Rechten und der Linken – und mit der unerträglichen gesellschaftlichen Polarisierung und mit dem Mord an Rabin, den einige von ihnen noch Jitzhak nannten. Die Ermordung Jitzhaks stand für die bittere Ernüchterung der ganzen Generation, für die nunmehr vollzogene Opferung Isaaks, und bei allen Geistern und Dämonen – wozu? Damit hier ein Spa entstand? Ihre große Enttäuschung äußerte sich in Jammern und Klagen an Freitagabenden, wenn sie im Freundeskreis zusammensaßen und die Schalen leicht gesalzener und im Ofen angerösteter Pekannüsse mit den Händen knackten.

Der Antrag auf Zusammenlegung und Nutzungsänderung des Objekts wurde mit Stimmenmehrheit abgelehnt – sechs Alteingesessene gegen vier Neue. Chayek hatte geahnt, dass er dieses Verhältnis ändern musste, und es auch zu ändern versucht, nur war es ihm nicht gelungen. Vergebens hatte er den Alteingesessenen zum achtundfünfzigsten Geburtstag der Wohnsiedlung Geschenkkörbe geschickt. Das Feinste vom Feinsten von *Gabi Chayek – echtes Prestige* zum Fest der Gründer, dem Festtag von Newe Chanit. In Zellophan gehüllt, mit Schleifen versehen, wohl gefüllt mit Kaffeegläsern und Cashewnussdosen und Weinflaschen und müffelndem französischen Käse auf einer üppigen Lage Papiergras, gingen die Körbe einer nach dem anderen beschämt zurück, landeten geradewegs auf dem Tisch der Sekretärin Tiki, die liebend gern wenigstens einen solchen Korb für sich und ihren Mann gehabt hätte, für abends vorm Fernseher, wenn die Kleinen schliefen.

Die Vertreter der Alteingesessenen waren temperamentvolle Senioren. Als Erster ereiferte sich Schraga Livni. Ein Spa?! Hellenisierung am helllichten Tag! Die anderen fünf Gründervertreter – Dan Kahana (Generalmajor d. Res.), ehemaliger Chef des Heerespersonalamtes, pensionierter Direktor einer großen Rüstungsfabrik; Haggai Eres (Farjoun) (Brigadegeneral d. Res.), früher Kommandeur des Panzertruppenstützpunktes in Refidim, der erst letztes Jahr die Leitung seines Importgeschäftes für schwere Baumaschinen an seine beiden Söhne übergeben hatte; Matan Scharon (Generalmajor d. Res.), der nach seiner Verabschiedung von der Armee, wo er zuletzt den Posten des Militärattachés in Washington bekleidet hatte, leitender und reicher Partner eines Seehandelsunternehmens geworden war; Jehoschua Gat (Oberst d. Res.), der sein Leben Bildungs- und Siedlungsaufgaben in der Jewish Agency gewidmet hatte; Asarja Schwarzmann (Schwarzi der Kleine), der nach seiner Entlassung aus dem Binnensicherheitsdienst Schabak dazu übergegangen war, Metallskulpturen mittlerer Größe zusammenzulöten, die langsam im rückwärtigen Garten seines Hauses verrotteten –, sie alle fünf staunten etwas über das antiquierte Wort »Hellenisierung«, das nun plötzlich derart angebracht wirkte. Wahrer Götzendienst! Und einen Moment, nur einen kurzen Augenblick, entflammte bei ihnen die Glut der Hasmonäer angesichts einer Bacchusstatue, und eine uralte Leidenschaft kletterte den alten Streitrössern den Rücken hinauf – in die Bresche zu springen, bis zum letzten Atemzug zu kämpfen. Erregte, laute, flammende Rufe durchzuckten die Luft: »Hurenhaus!« und »Korruption!« und »Sittenverfall!« und »Scheißdreck!« und »am helllichten Tag!«. Venen schwollen, Zorn entbrannte.

Als Gabi Chayek genug gehört hatte, stand er auf und strebte dem Ausgang zu. »Daraus wird nie und nimmer was! Hörst du?«, schrie Schraga Livni ihm nach. »Bald wird dein Arsch nie und nimmer mehr sein, Opa!«, gab Chayek zurück und knallte die Tür hinter sich zu.

Die Ratsmitglieder blieben leicht verdattert sitzen, überlegten, was als Nächstes zu tun wäre. Die vier Vertreter der Neuen, in ihren Vierzigern und Fünfzigern, werteten den Ausgang der Abstimmung als bedauerliches Missverständnis der alten Generation. Etwas ratlos aus der Wäsche schauend, in ihren Chino-Hosen, amerikanischen Polohemden und hellen Mokassins, begriffen sie nicht, was der ganze Wirbel sollte. Es ist doch bloß ein Spa …

In der feuchten Nachtluft spürte Gabi Chayek, dass er zusehends stärker wurde, sich keinen Deut um Schraga Livni scherte, der mal Befehlshaber der Panzertruppe gewesen war und später Divisionskommandeur im Norden und Direktor der Salzgewinnungswerke in Sodom am Toten Meer, und der nun ein Rentner von achtzig Jahren war. Er würde sich einen Dreck um ihn scheren. Das konnte er. Die Welt ließ ihn, ermunterte ihn, flüsterte es ihm insgeheim ins Ohr – fahr los, Chayek, fahr, die Schlüssel stecken. Die Stille war tief und beruhigend. In der Ferne schimmerten bläuliche Autoscheinwerfer, begleitet vom Summen eines starken Motors, eines Mercedes Sportwagens, 5000 ccm.

Assaf Melmann kam nach Hause. Wieder Stille und Grillenzirpen und Fledermäuse zwischen den Japanischen Mispelbäumen, die noch in den Gärten der Alteingesessenen standen. Sein Name leuchtete ihm von den hellblauen Schildern entgegen: *Gabi Chayek – echtes Prestige* und darunter, als Wellenband: *Lebensqualität in Newe Chanit.* Sie hingen an altersschwachen Häuserfronten, waren an die mächtigen Betonrohbauten genagelt, die später Häuser im toskanischen oder sizilianischen Stil oder im Stil der alten landwirtschaftlichen Kolonien des Barons Rothschild tragen sollten, waren mit Drähten an Wellblechzäunen befestigt, die grobe Verstöße gegen die Bauvorschriften verdeckten.

4

»Wir hätten Mordechai nicht erlauben dürfen zu verkaufen«, erklärte Schwarzi der Kleine seiner Frau, die schon seit sechs Uhr früh auf den Beinen war und Fische für den Schabbat durch den Fleischwolf drehte. »Wir hätten ihn ruhig noch ein paar Jahre im Laden halten können. Man hätte einfach ab und zu mal bei ihm einkaufen müssen.«

Rutha, seine Frau, kochte vor Wut: »Wie oft soll man denn hinrennen und vergammelten Käse umtauschen?« Sie stopfte gut ausgedrückte Weißbrotscheiben in den Wolf und überlegte, ob sie alles durchdrehen und nur Fischfrikadellen zubereiten oder aber ihre Müdigkeit und die Schmerzen in den Beinen überwinden und einen Karpfen zum Füllen aufschneiden sollte.

»Wenn die Kinder am Schabbat kommen, solltest du eine Wassermelone besorgen«, erinnerte sie Schwarzi, als hielte er nicht gerade eine Rede, die sie schon x-mal gehört hatte.

»Als er den Laden verkauft hat, sind wir in die Defensive geraten«, setzte Schwarzi seine wohlbekannten Argumente fort, »jetzt ist die Niederlage nur noch eine Frage der Zeit.«

Er hätte ohnehin eine Wassermelone gekauft, nicht nur für den Schabbat und die Kinder, sondern auch für sich. In seiner Sicht gab es nichts Israelischeres als eine Wassermelone, noch dazu bei einem schwarzen Kaffee in Sitons überdachtem Stand mit der Girlande von Israelfähnchen wie früher, wo derjenige, der etwas für den Staat geleistet hatte, die beste Wassermelone bekam.

»Wann machst du mal Ordnung in deinem Abstellraum?«, erkundigte sich Rutha mit müder Stimme. Karpfenblut spritzte auf ihren ewigen Hauskittel. Mit rot geschwollenen Händen schnitt sie den Fisch in Scheiben und trennte die Haut vom Fleisch. Na, wie viele Jahre blieben ihr denn noch, um *gefilte Fisch* zuzubereiten? Dann sollte er wirklich so werden, wie er sein sollte, damit er in Erinnerung blieb.

Sie hoffte, bis neun Uhr mit allem fertig zu sein. Danach wollte sie sich waschen und den fleckigen Hauskittel gegen ein geblümtes Baumwollkleid tauschen, das mit seinen breiten Schultern, dem geraden Schnitt und dem steifen Stoff an ein stramm gespanntes Fahrtenzelt denken ließ. Danach würde sie die letzten Einkäufe erledigen und vor Schabbatbeginn noch schnell zum Frisör gehen können. Schade, dass keine Zeit mehr blieb, die trockenen Kiefernnadeln im Vorgarten zusammenzurechen. Aber egal. Die Enkelkinder würden ohnehin mit dem gelben Fußball herumtoben und die hohen Löwenmäuler beiderseits des Zugangsweges niedertrampeln.

Schwarzi machte Teewasser heiß und schnitt sich ein ordentliches Stück von dem Kuchen ab, den sie für die Kinder gebacken hatte.

»Was der wohl beim Militär gewesen ist, dieser einfache Kerl, Gabi Chayek. Sicher ein Kantinenfritze. Viiieleiiicht Quartiermeister, vielleicht ein Schreibstubenmann in der Truppenverwaltung. Woher nimmt er bloß diese Unverfrorenheit?«

Rutha wollte, dass er die Dinge endlich ruhen ließ, und vor allem wollte sie, dass er sich jetzt nicht noch ein dickes Stück von dem Kuchen abschnitt und ihn zur Hälfte verputzte, bevor die Kinder kamen. »Soll er sich doch ein türkisches Bad im Lebensmittelladen einrichten, was geht dich das an? Trenn du dich lieber erst mal von ein paar rostigen Metallteilen im Hof. Eines Tages werde ich mir an einem dieser Schrottstücke noch den Schädel einschlagen.«

Schwarzi trank genüsslich seinen Tee. Was kratzte es ihn, sollte sie seine Skulpturen doch Schrott nennen, sooft sie wollte.

Zermürbende Routine im Hause Schwarzmann. Hier wird eine zerbrochene Ziegel ersetzt, dort ein Leck repariert, eine Dichtung am Wasserhahn gewechselt, ein Riss in der Wand ausgespachtelt. Rutha hatte das Gefühl, die Erde sträube sich, werde bald ihren riesigen Schlund aufreißen und alles verschlingen. Sie spürte es an den unebenen Fliesen, den immer häufiger auftretenden Lecks, den Rissen, die sich an den Wänden abzeichneten wie feine Skizzen des Zusammenbruchs. Alles würde verdaut werden: die Wohnsiedlung, ihre Generäle, ihre Reichen und ihre Models, ihre Kinder und Alten, ihre Diamantenhändler und ihre Bedürftigen, die kaum genug zum Leben hatten, und diesen Irrsinn von wegen Militär und Staat und einer Wohnsiedlung für Berufsoffiziere, diesen Irrsinn, den die Erde geduldig auf dem Rücken trägt. Venedig fiel ihr ein, das wie ein großes Spielzeug ins Meer versinkt. Sie drehte das warme Wasser bis zum Anschlag auf – ein dünner, lauwarmer Strahl. »Es gibt ein Problem mit dem Boiler, Schwarzi«, scheuchte sie ihn von seinem Sitzplatz auf. Wie oft hatte sie ihn daran erinnert, die Kiefernnadeln wegzufegen, die sich auf den Sonnenkollektoren ansammelten …

Ihre vom langen Stehen steifen Beine erinnerten sie an Pompeji. Ein dünnes Rinnsal aus dem Hahn. Sie seifte sich in energischen Runden das Gesicht ein, etwas sanfter um die Augen. Der Wasserstrahl erstarb zu einem letzten Tröpfeln. Wenn sie in Stein verewigt werden würde, wollte sie unter der Überschrift »Eine Frau bereitet Fische für den Schabbat zu« versteinern. Ihr ganzes Leben lang war sie Hausfrau, hatte drei Kinder großgezogen, ihren Beitrag geleistet, aber ihre Statue sollte ein Gedenkstein für das Haus ihrer Kindheit in Satanow sein, von dem nichts übrig geblieben war. Nicht Vater, nicht Mutter, nicht Fejge, nicht Batja, nicht Moische, nur der Geruch der Speisekammer mit den Säcken voller Hülsenfrüchte und Reis, den Marmeladengläsern, dem Trockenfleisch, dem eingemachten Obst und den Likören. Ein ganz bestimmter Geruch: Satanow – das Haus eines wohlhabenden Tuchhändlers in den zwanziger Jahren des Jahrhunderts, das mittlerweile das vorige geworden war. Und wie sollte sie sich jetzt wohl das Gesicht abspülen, wie? Man müsste hier alles verkaufen und wegziehen. Sie wischte sich den Seifenschaum mit dem Handtuch vom Gesicht. Die Haut blieb trocken und klebrig.

Sie dachte an ihre Cousine Rewuscha, die erst kürzlich verwitwet war und es schon geschafft hatte, ins betreute Wohnen zu ziehen, um Rommé zu spielen, Freunde zu treffen. Jeden Abend ging sie in den Hauptaufenthaltsraum hinunter, amüsierte sich, hatte einen Mann kennengelernt, einen Rumänen, egal, der ihr freitags einen Blumenstrauß brachte, ein Glas Wein mit ihr trank, der nicht in kurzen Hosen und Unterhemd herumlief, unter denen der nackte Bauch hervorlugte, und der mal ein Unternehmen gehabt hatte, was Gutes, Elektrosachen oder Garne oder weiß der Teufel, was Rewuscha ihr gesagt hatte. Ab und zu ein Konzert, ab und zu eine Theateraufführung.

Schwarzi rief von draußen, dass ein Rohr gebrochen war. Er hatte den Schieber ganz zugemacht.

5

Wer in den letzten Jahren nicht in der Wohnsiedlung war, wird sie kaum wiedererkennen: Baufieber, Abrissbirnen, Traktoren, Schuttbehälter, Betonmischmaschinen, Vermesser, Dreck, Geschrei, Kräne, planierte Grundstücke, ausgerissene Bäume mit himmelwärts gerichteten Wurzeln, Wellblechzäune, Schaufelbagger, Kleinlaster, Chinesen, Rumänen, zerbrochene Bordsteine, aufgerissene Straßen. Funkelnde Jeeps zermahlen Hindernisse und brausen weiter, große Geldsummen wechseln Hände, Kinder und Enkel stoßen sich gesund.

Als Chayek abends auf der Terrasse seines Hauses einen gar nicht üblen Cabernet Sauvignon entkorkte und sich selbstvergessen den ersten Schluck Wein über die Zunge fließen ließ, wobei seine Nacken- und Schultermuskeln sich langsam entspannten und er Frau Lichtmanns Antwort entnahm, dass sie einen Anwalt eingeschaltet hatte, sah er im Geist das Spa vor sich: hochwertiger Holzboden, von Künstlern geschaffene Mosaike an den Wänden, Massageliegen, großzügige Eingangshalle, Sauna, Jacuzzi – später müsste man sich auch noch die Wäscherei und die Schuhmacherwerkstatt unter den Nagel reißen.

Chayek schenkte sich ein zweites Glas ein, und als er über das Spa nachdachte, erinnerte er sich an Herrn Glück, genauer gesagt an seinen Tod, den Frau Gabrieli dem Sanitäter als »Babytod« beschrieben hatte, eine etwas verstörende Wortverbindung, wie »Krippentod«. Ihm fiel jene amerikanische Mutter ein, die ihre fünf Säuglinge erwürgt oder in der Badewanne ertränkt hatte und deretwegen man in der Welt der Medizin zu dem Schluss gelangt war, der plötzliche Kindstod sei genetisch bedingt. Deshalb waren sie beide, Jafit und auch er, völlig beruhigt gewesen, leichtfertig geradezu, nicht mal einen Monitor für nachts hatten sie angeschafft. Am Morgen war es schon zu spät gewesen.

Und als er an Sarah Gabrieli dachte, interpretierte er den nachdenklichen Blick, den sie bei Herrn Glücks Beerdigung auf ihm hatte ruhen lassen, als langsame und schmerzliche Reifung des Verkaufswillens, eine Tendenz, die er schon im Entstehen spüren konnte, noch ehe diese Seelenlage sich ihrer selbst bewusst wurde, ein Staubkörnchen, das in eine Muschel eindringt, und er hatte Zeit zu warten, bis eine Perle daraus werden würde. Eine Perle in Form eines Hauses, eines raren Eckgrundstücks. Sarah Gabrieli war bereits zweiundachtzig, viel Zeit blieb ihr ohnehin nicht mehr, und hier boten sich ihm ein Dunam, das heißt tausend Quadratmeter, in der Schimschons-Füchse-Straße, einer ruhigen kleinen Sackgasse, die ihren Namen einer Kampfeinheit aus dem 1948er Krieg verdankte, als sichere Investition für die Zukunft.

Es bestand zwar kein Grund, den Geschäftsabschluss zu forcieren, das Objekt würde nur noch im Wert steigen, aber trotzdem brannte er darauf, entgegen jeder vernünftigen wirtschaftlichen Erwägung. Er brannte nicht erst seit gestern und heute darauf. Letzthin war die kleine, wispernde Flamme zu einer mächtigen Begierde – in den Lenden, aber auch im Herzen – angeschwollen, und eine Sehnsucht hatte ihn ergriffen, nicht nur nach Hilali, der schönen Tochter der Grundstückseigentümerin, sondern nach der ganzen damaligen Zeit, man konnte sagen, nach seiner Jugend, man konnte sagen, nach starker und vibrierender Leidenschaft, man konnte sagen, nach Liebe.

Was die Zeiträume anbetraf – es waren runde Zahlen: dreißig Jahre danach, er wurde in Kürze fünfzig. Psychologen würden darüber schon was zu sagen finden, aber dafür brauchte man kein Psychologe zu sein, und er hatte schon das dritte Glas intus. In seiner spezifischen Lage meinte er, das Leben könnte mehr bieten – mehr als unendliche Bequemlichkeit, mehr als Gelegenheitsficks, nach denen man die Frau, wenn sie was taugte, an Freunde weiterreichen konnte.

Stille. Fernes Grillenzirpen. Zartrosa Lampenlicht. Hinter der breiten Glastür nahm das häusliche Leben seinen Gang. Jafit war im Schlafzimmer, am Telefon, mit ihrer Schwägerin. Die Söhne lagen im Bett – Ronen nach dem Duschen, Ejal davor. Lilly faltete Wäsche. Moran war ausgegangen, würde bald zurückkehren, mit Zigarettenfahne und saurem Gesicht. Wenn ihre Mutter nicht wäre, würde er ihr eine schallende Ohrfeige verpassen, sie gehörig zusammenstauchen, ihr zeigen, was es heißt, sich nachts auf der Straße rumzutreiben. Aber es würde ihm gerade noch fehlen, sich mit seiner Frau anzulegen.

Der Lampenschein, der aus dem Beet mit wild wucherndem Farn schimmerte, malte rosige Flecke in die Dunkelheit. Es war angenehm zu wissen, dass dies alles ihm gehörte. Eine aufregende Befriedigung. Kraft durchströmte seine Glieder, als er das Rosa betrachtete, das das sanfte Dunkel besiegte. Stille. Alles seins.

Plötzlich sprang mit gleichmäßigem Tuckern die Bewässerungsanlage an. Regelmäßiger Takt. Wie ein Auf und Ab. An Bumsen erinnerte ihn das. Pack, pack, pack, prrr. Was war dieses Prrr? Das Prrr war eine lange, lange, tiefe Penetration.

Immer häufiger stößt er auf sie, auf Hilali – sie kommt ihm plötzlich unter die Augen, auf dem Postamt, in der Bank, bei Veranstaltungen in der Wohnsiedlung, mit diesem Lächeln hinter der dunklen Sonnenbrille, wie ein Filmstar in einem französischen Streifen. Hier und da eine Falte, aber man sieht ihr an, dass sie zum Ficken geboren ist. Das Lächeln bringt ihn um den Verstand. Nein, es ist kein fröhliches Lächeln. Es ist ein Lächeln, das wehtun, herablassend wirken, bestrafen will … Und wenn er bedenkt, dass sie ihm nach dreißig Jahren noch wehtun möchte, dann erregt ihn das, erregt ihn wirklich und wahrhaftig. Wie schön sie ist, wenn sie nur aufgeilen, aber nicht geben will. Er weiß, dass sie genau weiß, was er sieht, wenn er ihr zufällig begegnet – in der Bank, im Schwimmbad, im Ratsbüro, auf der Post. Und sie weiß es tatsächlich, und irgendwie macht sie das jünger. Alte Erinnerungen haben es in sich. Nachts glüht er ganz und gar, wie damals, als er jung war, damals, als er sie bis zur Gebärmutter aufgerissen hatte, ein Gefühl, das er niemals hat vergessen können, auch niemals ernsthaft zu vergessen versucht hat. In den blauen Tiefen der schönen Hilali, und obwohl das dreißig Jahre her ist, weiß er, weiß mit absoluter Gewissheit, dass sie alles mit voller Absicht tut.

Seine Augen gleiten imaginäre dünne Blusen hinab, unter denen sich aufreizende Büstenhalter abzeichnen, welche mit unendlicher Anmut Brüste umfingen, die er schrecklich gern anfassen wollte, und sei es nur, weil sie damals gar keine Brüste gehabt hatte, flach wie ein Brett war sie gewesen. Ein warmer Strom durchflutete seine Muskeln, sein Becken glitt zur Stuhlkante. Gut, der Wein. Er nahm sich eine Zigarre und betrachtete sie. Schau, welch ein Wunder, eine Zigarre.

Die schöne Hilali – in Gabi Chayeks Kategorien kann man nicht sagen, dass sie es weit gebracht hat. Innenarchitektin, wie gesagt, geschieden mit einem Sohn, wohnt immer noch in den Etagenhäusern des Nachbarviertels, das man in den siebziger Jahren für die Kinder der Gründer gebaut hatte. Die sind längst ausgeflogen, sei es in einen Bungalow, ein Duplex, ein Penthouse. Sie ist geblieben. Kein Wunder. Ihre sämtlichen Berechnungen haben sich als falsch erwiesen. Ein paar Jahre in Amerika. Dann wieder zurück. Ließ sich scheiden mit Kind. Und obwohl sie es nicht weit gebracht hat, oder vielleicht gerade deswegen, hat sie sich einen jugendlich albernen Zauber bewahrt, verpackt in einen reizenden Körper. Zweimal in der Woche nachmittags frei, selten mal ein ganzes Wochenende.

Seine dreißigjährige Sehnsucht hatte ein rankes und ruchloses Verlangen bei ihm geweckt, das befriedigt werden wollte und dem versessenen Chayek keine andere Wahl ließ, als den Verkauf des Hauses von Hilalis Mutter, Sarah Gabrieli, voranzutreiben. Auch die Provision war nicht zu verachten – zwei Prozent, eins vom Käufer und eins vom Verkäufer zu zahlen –, in diesem Fall zwei Prozent von um die zwei Millionen Dollar.

Ja, auch die Prozente taten das Ihre. Und man brauchte für diesen Geschäftsabschluss nichts weiter zu tun, als Frau Gabrieli mit Doron Se'evi in Verbindung zu setzen, den er schon einige Zeit im Visier hatte. Doron Se'evi hatte sich erst in der Kommandoeinheit des Generalstabs hervorgetan und dann im Diamantenhandel. Er wohnte seit einigen Jahren in Hongkong und hatte schon genug Geld angehäuft, um zurückzukehren oder wenigstens Frau und Kinder heimzuschicken. Se'evi selbst würde halb hüben, halb drüben leben. Kurz gesagt, zwei Häuser. Hatte sich dort anscheinend eine orientalische Schlampe angelacht, die mit der Pussy Bananen abfangen konnte.

Chayek und Doron Se'evi kannten sich schon aus der Zeit, als Chayek noch ein Motornarr war und Doron gegenüberwohnte. Doron besuchte die Ingenieurschule. Da sie gleichaltrig und gesellschaftlich geächtet waren, hingen sie gemeinsam herum. Chayek besorgte Ersatzteile, und Doron Se'evi montierte einen Rasenmähermotor auf ein Holzbrett. Chayek beschaffte vier fabrikneue Reifen.

Se'evi, Sprössling einer aus dem Irak stammenden Diamantenhändlerfamilie, von der Chayek schon damals dachte, dass sie ihr Gewicht in Gold wert war, war der letzte Rückkehrer unter den Söhnen der Familie, die die Welt der Diamanten unter sich aufgeteilt hatten. Seine beiden jüngeren Brüder hatten vor Kurzem zwei gegenüberliegende Grundstücke erworben und darauf, vis-à-vis, zwei gleich luxuriöse Häuser, nur in verschiedenen Farben gebaut, das eine in Milchkaffeebraun, das andere in sattem Olivgrün.

Vielleicht erinnerte sich Hilali noch an Doron Se'evi. Vielleicht auch nicht. Er ignorierte die Nachricht bezüglich einer geplanten Pokerpartie, die auf seinem Handydisplay erschien. Er war weit weg von Poker, versank in süßer Erregung so rosig wie die Gartenbeleuchtung, durchlebte wieder jenen Zufallsmoment, vor langer Zeit, dreißig Jahre war es her, als sie mitten in der Nacht aus dem Abkürzungspfad durch Uri Ilans Garten auftauchte, schön wie ein zionistischer Mond, wie ein heller Lichtstrom, wie die Bodenständigkeit und die Reinheit und die Natürlichkeit in Person. Er lehnte am Stamm des alten Flammenbaums der Kobrins, rauchte eine Zigarette, sein Körper erschauerte. Ein Fingerzeig Gottes. Ein Fingerzeig, der sich an diesem Abend bereits in Form eines dicken Geldbündels offenbart hatte, das in der Tasche seiner Uniformhose ruhte.

Er bedauerte, dass er den ganzen Abend durch die Dizengoff-Straße geschlendert war, Falafel gegessen und geraucht hatte und jetzt danach stank. Schade, denn als sie den Pfad heraufkam und er gerade am Stamm des alten Flammenbaums der Familie Kobrin lehnte, die einen ihrer Söhne im Jom-Kippur-Krieg verloren hatte, spürte er einen fahlen Geschmack im Mund, und unter den Fingernägeln saß fettiger schwarzer Dreck von den Falafeln, vereint mit dem Schmutz der Moneten. Alle paar Minuten schob er seine Hand tief in die Tasche und betastete die scharfen Ränder der Scheine. Ein ansehnliches Bündel, zu dem er sich beglückwünschen konnte. Seine Hand rieb am Flammenbaum, dessen dicker Stamm über und über mit eingekerbten Herzen bedeckt war, eine Liebeschronik der Wohnsiedlung. Das machte ihn geil, irre geil. All diese schönen Mädchen, die mit den Lettern ihrer Namen an seinen Fingern rieben. Jetzt oder nie, und er meinte, es verdient zu haben. Er nahm einen langen, langen Zug von seiner Zigarette, befummelte erneut die Geldscheine, fühlte sich sicher, spürte, jetzt kommt's.

»Hast du nachts allein keine Angst?«, fragte er sie damals mit heiserer, dümmlicher Stimme.

Von seinem jetzigen Sitzplatz aus, als die rosaroten Lichtstrahlen vom tiefen Dunkel verschlungen wurden und das Rosa so purpurn wirkte, konnte Chayek sich über sein dreißig Jahre jüngeres Ich lustig machen. Hätte es tun können, war aber zu geil, zu humorlos. Er sah ihre Angst, und diese Angst machte ihn noch mehr an. Sie tat ihm ehrlich leid, er wollte ihr nicht schaden, wurde aber des wirbelnden Soges nicht Herr. Er wusste, dass er sie nehmen würde. Seine Hand tastete nach der Hosentasche, nicht der mit dem Geldbündel, sondern nach der anderen, in der er den Joint verwahrte, den eine Freundin vom Stützpunkt ihm gegeben hatte. Er zündete ihn für sie an. Reichte ihn ihr.

Sie tat ihm von Herzen leid. Er wusste genau, was in ein paar Minuten geschehen würde. Das Herz war ihm seither über tausendmal geschmolzen, sobald er nur an ihre naiven Augen dachte, die sich durch den Joint benebelten. Zugedröhnte Naivität. Er musste sie ficken, musste es mehr, als dass er es wollte, musste einfach. Ihr sonnengebräunter, hoch aufgeschossener Körper, kindlich wie eine Knospe in dem weißen Trägerhemd und den superknappen Jeansshorts, sprengte ihm das Gehirn. Nimm sie dir! Nimm sie! Einen Moment war sie ihm einen Schritt voraus. Ihr Oberkörper war schmal, ihr Hintern rund und keck. Eine von denen, die, wenn sie größer sind, mit Piloten gehen. Zwei Schritte hinter ihr verharrten seine Augen ungeduldig auf dem blanken Zopf, aus dem widerspenstige Haarsträhnen baumelten, sich verführerisch wie Schlangen der Leidenschaft auf ihrem wechselweise bloßen und bedeckten Hals ringelten, einem Hals, den er noch beißen und mit blauen

Knutschflecken übersäen würde, die sie danach wochenlang zwangen, ein buntes Tuch umzubinden.

Zwei Schritte hinter ihr fixierten seine Augen ihren hageren Rücken, der fast in voller Länge aus ihrem klitzekleinen Hemdchen ragte. Die Umrisse des Badeanzugs hatten sich in der Sommersonne des Schwimmbades darauf abgezeichnet. Sein Blick folgte hypnotisiert den zarten Bewegungen ihrer Wirbelsäule – einer feinen Perlenschnur –, die seine Hand mit unendlicher Verschlagenheit an ihr Ende unter dem Hosenbund leitete, zum Knotenpunkt aller Linien und Bewegungen.

Er knutschte und fummelte erst mal mit ihr in der Garage der Alonis herum und bumste sie danach die ganze Nacht in seinem Zimmer auf dem Hof, das früher mal der Geräteschuppen seines Vaters gewesen war. Um vier Uhr morgens brachte er sie nach Hause. Er versteckte sich, sah sie eintreten, es gingen keine Lichter an. War gut gegangen.

Jafit, seine Frau, kam auf die Terrasse. »Wie läuft's so?«, erkundigte sie sich. »Super«, antwortete er. In seinem Geist zuckten die kindlichen Glieder einer Dreizehnjährigen. Aus den Tiefen der Gelenke stieg süßer Milchduft. Ein frecher Po. Seine linke Hand würde er dafür geben, ihn jetzt anzubeißen.

»Ich hab Lust auf noch ein Kind«, hörte er Jafit durch ein fast schon brennendes Wohlgefühl hin sagen. Er schenkte Jafit ein Glas Wein ein, das letzte Restchen aus der Flasche. Der Rauch der Zigarre, die er nun kappte und anzündete, trug ihn in die Gefilde einwandfrei unterzeichneter Verträge, zu Häusern, die für Millionen verkauft worden waren, zu Reihen von Bungalows, die er auf Grundstücken baute, die er vor acht oder zehn Jahren erworben hatte. Ring um Ring erweiterte er Newe Chanit.

So saßen denn Gabi und Jafit auf der Holzterrasse, ließen sich langsam den Wein über die Zunge fließen, starrten in den von rötlichem Lampenlicht erleuchteten Garten. »Wozu brauchst du noch ein Kind?«, fragte er nach einem Schweigen, das Jafit zu lange vorkam.

Beim Vortrag über die Physik der Familie hatte es geheißen, drei Kinder, das sei nicht ausgewogen. Es müsse eine gerade Zahl sein. Vier.

Nacht. Ein tropischer Garten. Jafit dachte an Schani, die blau angelaufene Babytochter im Bettchen. Ein Rotschopf. Sieben Monate bei ihrem Tod.

6

Schraga Livni hatte ein ungutes Gefühl. Wie vor einer Niederlage, und mit Kriegen kannte er sich aus. Wenn er im Panzer saß, hatte er niemals an Kapitulation gedacht, nicht im Feuer der syrischen Artillerie, die von der Festung auf dem Hermon schoss, nicht auf der Straße an der Pipeline Saudi-Arabien–Libanon auf den Golanhöhen, auch nicht, als er zwischen zahllosen ausgebrannten Panzern hindurchfuhr. Sterben – ja, kapitulieren – nein. Selbst als sie isoliert waren, ohne Truppen, ohne Verstärkung, ohne Funkverbindung, ohne alles. Nach dem Jom-Kippur-Krieg war er dann zu der Überzeugung gelangt, dass es einfacher war, gegen die Syrer zu kämpfen, als vor der Agranat-Kommission aufzutreten, die die Versäumnisse vor und zu Anfang des Krieges zu untersuchen hatte. Letzten Endes lobte man seinen Heldenmut in den ersten Gefechtstagen, empfahl jedoch, ihm keine weiteren Befehlsaufgaben zu übertragen. Die Freunde, das heißt diejenigen, die er für

Freunde gehalten hatte, verdufteten, gingen ihrer Wege, nach dem Motto, rette sich, wer kann. Sie leckten denjenigen den Hintern, denen man noch eine große Zukunft prophezeite, die in den Korridoren an ihm vorüberhasteten, ohne ihn auch nur eines Kopfnickens zu würdigen, Mitläufer in einem Tross von Schwätzern und Militärkorrespondenten und Kommentatoren. Selbstherrlich ließen sie eine dreißigjährige Kameradschaft hinter sich, die unter den gegebenen Umständen, angesichts der Worte, die über das Niveau der Disziplin und der Instandhaltung der Rüstungsgegenstände in der Brigade gefallen waren, nicht sonderlich opportun erschien, und die Leute hatten ihre eigenen Aufstiegswege, man musste die Streitkräfte wieder auf Vordermann bringen. Alles in allem war er durchgekommen. Es gab nichts zu klagen. Nur nachts schrie er, inmitten von Blut und Feuer und Rauchsäulen, und Nechama weckte ihn sanft, war schon gewöhnt daran, beruhigte ihn, rief seinen Namen, Schraga, Schraga, genug geschrien. Hielt auf ihrem Nachtschrank vorsorglich ein Glas Wasser und eine Beruhigungstablette bereit. Und ihre kalten Hände kühlten ihm die Stirn. Winters wie sommers waren ihre Hände eiskalt.

Und sobald er sich beruhigt hatte, stand sie auf, anscheinend erleichtert, und wandte ihm das Gesicht zu: »Ich guck mir was im Fernsehen an, kann ohnehin nicht mehr einschlafen.« Und er hätte ihr gern gesagt, sie solle noch ein bisschen neben ihm liegen bleiben, noch ein paar Minuten, er würde ja sowieso nicht mehr einschlafen, aber er wusste, dass sie ein paar Minuten später sehr gut auf dem Sofa schlafen würde.

Alles in Ordnung, er kann nicht klagen, und doch scheint sie eine Wut auf ihn zu haben. Was hat sie ihm denn vorzuwerfen? Hat er jemals die Hand gegen sie erhoben? Ist er zu anderen Frauen gelaufen? Hat er die Familie nicht ernährt? Nicht nur die Familie, sondern ihre alten Eltern gleich mit. Auch ihm sitzt Wut im Bauch, eine dumpfe, auf- und abschwellende Wut, die bedenklich in den Adern brodelt. Ein Spa! Wofür hält er sich denn, dieser einfache Kerl, Gabi Chayek? Ein Spa! Reicht die Badewanne nicht mehr? Man muss ihn daran erinnern, wo er herstammt, ihn wieder in die Zeiten der Dusche im Hof, mit Schlauch, zurückversetzen, diesen Scheißkerl.

Von draußen kam Baggerlärm. Das Haus der Litanis, zwei Nummern weiter, musste dran glauben. Sie hatten alles stehen und liegen lassen und waren ins Protea Village gezogen. Was war denn »Protea«, verdammt noch mal? Sicher ein Jungbrunnen auf Lateinisch. Ihn erinnerte es an Prothese oder an Protein im Urin.

Der schreckliche Lärm ließ Livni wieder zur Zeitung greifen. Die knirschenden Geräusche des Bulldozers zermalmten ihm das Hirn zu Feinstaub. Er starrte auf die Leserbriefseite des *Ha'aretz*. Wer waren diese komischen Schreiber, die sich inmitten des ganzen Tohuwabohus die Mühe machten, Dinge richtigzustellen? Chetz (Pfeil), sein guter alter Kanaaniterhund, der in der Küchenecke lag, erhob sich und trottete zu seinem Herrn, der in die Zeitung starrte. Gleich, um elf Uhr, würde er einen Löffel Weißkäse bekommen, und Schraga würde sich ein Glas Tee aufbrühen, und mal sehen, vielleicht würden sie heute Morgen noch einen zweiten Spaziergang einlegen, zum Postamt oder zur Bank im Geschäftszentrum der Wohnsiedlung. Und wo sollte er, Schraga Livni, nach Gabi Chayeks Dafürhalten künftig wohl eine Zeitung, zweihundert Gramm polnischen Schinken, *a Schtickele* Salzhering einkaufen – im Spa?

Nechama ist weg. Weiß der Himmel, wo sie herumläuft. Er hegt nun gerade gute Gedanken im Herzen. Ist ein bisschen von ihr abhängig geworden. Nicht mehr der einsame, grimmige Wolf. Die Macht der Gewohnheit. Siebenundfünfzig Ehejahre, *nischt a Kleinigkeit.* Aber wenn er schlimme Anwandlungen hat und ohne Frau neben sich daliegt, dann geht es ihm schlecht. Was heißt schlecht, bitter ist der Tod. Da liegt er nachts allein, im Kampf mit dem alten Ungeheuer, dem jeden Tag zehn neue Köpfe wachsen – Rückenschmerzen, schmerzende Knie, hoher Blutdruck, Verschleiß, beängstigendes Herzflimmern, einfache Schwäche, erhöhte Cholesterinwerte, Funktionäre in der Stadtverwaltung, eine neue Generation, die »Josef nicht gekannt hat«, Schraga Livni nicht gekannt hat, auch nicht den Jom-Kippur-Krieg. Sie waren damals Kinder, die in Luftschutzräumen oder in mit Sandsäcken abgesicherten Garagen unterkamen. Sie sind sachlich und bringen keine Geduld auf. Warten, bis er ausgeredet hat, um dann höflich ablehnen zu können. Und unterdessen schleicht sich dieser Chayek wie eine Schlange in alle Büros der Stadtverwaltung, erhält Genehmigungen, befreit Grundstücke von Auflagen, linst nach Böden, über die sich zwei Städte streiten. Hier ein Dunam, da ein Dunam, Scholle auf Scholle …

Er trank einen Schluck Tee, starrte auf die Karikatur des Tages. Nicht immer verstand er die Pointe. Diesmal ja. Er legte den Wirtschaftsteil beiseite, der von Tag zu Tag dicker wurde. Alle interessierten sich plötzlich für Wirtschaft, von Gewinnsucht ergriffen. Sogar zwei Nichtsnutze wie seine Söhne Mordi und Schauli, die in der Schule bei jeder Mathematikprüfung durchgerasselt waren, stellten neuerdings von morgens bis abends Kalkulationen an. Gute Kinder, sie lieben Nechama, ihm bringen sie Respekt entgegen.

Vorwürfe haben sie keine mehr, Gott sei Dank, haben begriffen, dass das bei ihm nichts bewirkt. Sogar diese beiden sind Geschäftsleute geworden. Gehaltsempfänger zu sein reicht ihnen nicht mehr, sich nach der Decke zu strecken ist nicht ihr Ding. Schauli hat wenigstens seine Fremdenführerlizenz in der Tasche, aber Mordi wird immer ärmer mit seinem idiotischen Traum von einer Reiseagentur für Motorradtouren. Hauptsache, sie kommen irgendwie zurecht. Stellen keine überzogenen Ansprüche. Kommen alle zwei Wochen zu Opa und Oma mit den Kindern und den Schwiegertöchtern. Nach dem Essen gehen die Kinder – die nichts gegessen, sich nur die Teller vollgeladen und das Tischtuch bekleckert haben – hinaus in den Garten, zertrampeln die Blumen, während ihre Eltern, Mordi und Schauli samt ihren vollgestopften Frauen, auf der Terrasse sitzen und – völlig unverbindlich natürlich – die Freuden des betreuten Wohnens schildern.

Er nennt das stur »Seniorenheim«. »Altenheim« geht sogar ihm schwer über die Zunge. Seine Schwiegertochter Gila, Sozialarbeiterin von Beruf, lobt ausgiebig die festen Nebenleistungen: Vorträge, Arzt im Haus, Restaurant, Bridge, Internetkurse, Yoga, Feldenkrais. »Vielleicht für Millionäre …«, versucht Nechama das Thema zu wechseln. Schraga läuft rot an und brüllt, dass er dieses Haus hier nur auf der Bahre verlassen werde. Außerdem verspricht er, die Bäume im Garten weiter zu bewässern, den Feigenbaum, den Pekannussbaum, den Japanischen Mispelbaum, den Zitronenbaum, die Chinaorange und den Avocadobaum, der, obwohl sie ihn erst vor sieben Jahren gepflanzt haben, doch schon Wurzeln geschlagen hat und Früchte trägt. Und mit breitem Grinsen verspricht er, noch viele Morgen in seinem Bett aufzuwachen, neben ihrer Mutter, die hier und da ein wenig schnarche, und beim Zwitschern der Vögel des Moments zu harren, in dem sie ihm ein wahres Lächeln schenke.

Es hatte Zeiten gegeben, seufzte Schraga, immer noch über seine Zeitung gebeugt, in denen die Welt einfach war. Der Name Schraga Livni hatte viel mehr gegolten als Gabi Chayek mitsamt seinen Goldbergen. Und er hätte weiter den alten Zeiten nachhängen können, wenn ihn das Läuten des Telefons nicht hochgescheucht hätte. Lea. Sie und Nechamas andere verwitwete Freundinnen. Jede mit ihren Sorgen und Nöten. Wenn das Unglück wieder mal zuschlägt, geht es los mit Kochen, Spenden, Geldsammeln für medizinische Behandlungen, Organisation von Mitfahrgelegenheiten zu Beerdigungen und Gedenkfeiern, Krankenbesuchen. Wie Nechama gern sagt, sie hat das Glück, noch für andere sorgen zu können. Früher hatte er sich aufgeregt, was liefe sie denn dauernd herum und teile an alle Welt aus? Heute erscheinen ihm die Dinge anders. Furchterregend. Wie das Zittern, das Frau Tavors geschwollenen Ellbogen erfasste, als sie den Bankbeamten fragte, ob der Kontobestand von zweitausendzweihundert Schekel die Pensionszahlung von der Truppenkasse bereits enthalte. Ein Zittern, das auf die Knie übergriff und sie umzuwerfen drohte, als der Beamte bestätigte: »Ja, ist schon drin.« Ohne das philippinische Au-pair-Mädchen, das überhaupt zu jemand anderem gehörte und sie nun sanft an ihrem Gehgestell stabilisierte, ihr Wasser zu trinken gab und sie stützte, hätte Frau Tavor nicht die Kraft aufgebracht, das Zittern zu überwinden und dem Beamten mit leiser, aber fester Stimme zu sagen: »Dann geben Sie mir bitte tausend Schekel.«

Was hatte sie für eine blonde Frisur gehabt, die Frau

Tavor, die seinerzeit richtiggehend aufblühte unter der Obhut ihres Mannes, Oberstleutnant Aharon Tavor – Privatsekretär des Verteidigungsministers –, der krepiert war und sie mit einer niedrigen Pension sich selbst und dem Überlebenskampf überlassen hatte. Schraga faltete die Zeitung zusammen und legte sie auf die Tischecke. Die strahlende Blondine war verblasst zu einer Frau mit schütteren, verklebten grauen Strähnen, einem fadenscheinigen Kleid, ausgetretenen Turnschuhen und trübem Blick. Schraga trat an die Spüle und wusch das Glas sorgfältig ab.

7

Die Welt hört auf Chayek. Von Tag zu Tag mehr. Die Welt liest ihn, kommt ihm entgegen, liebt ihn, wählt ihn, und die beiden gehen Hand in Hand, wie Vater und Sohn. Und der Vater weiht den Sohn in seine Geheimnisse ein: Das Leben ist einfach, mein Sohn. Man braucht sich nicht den Kopf zu zerbrechen, es besteht kein Grund zu tiefschürfenden Erörterungen. Die Motive sind oberflächlich, offensichtlich, primitiv. Und beide betrachten alles Auge in Auge, Gabi Chayek sieht die Dinge global.

Für vier Uhr nachmittags ist im Büro von *Gabi Chayek – echtes Prestige* ein Treffen zwischen Chayek persönlich und dem Ehepaar Achlama anberaumt. Ein unbeteiligter Beobachter, so sich ein solcher fände, könnte es irrigerweise für ganz natürlich halten, dass Bunnie und Schai Achlama gegen sechzehn Uhr leichtfüßig die luxuriösen Büroräume des führenden Immobilienmaklers am Ort betreten – Marmorboden, Perserteppiche, Sofa, helle Sessel, Großzügigkeit, unendlich viel Raum, um die Beine auszustrecken, sogar so lange Beine, wie Bunnie Achlama sie hat. Aber wer in der Geschichte der Siedlung und den Bahnen des Kapitalflusses bewandert ist, und solche gibt es viele, kann nur staunen über Gabi Chayeks Höhenflug seit seiner Kindheit und Jugend (Chayek, der Sohn eines Gemüsehändlers und einer Hausfrau, eines von sechs Geschwistern und nicht gerade der Aufgewecktestе unter ihnen, dessen harte, für sein Alter erwachsen wirkende Gesichtszüge ihm Gürtelhiebe von den breiten, schwieligen, ausdrucksstarken Händen seines Vaters eingebracht hatten), diesen Aufstieg aus den Tiefen des Geizes und des tagtäglichen Rechnens und Sparens zu den Höhen der oberen Zehntausend. Dieser ungewöhnliche Weg hatte Chayeks Adlernase und dem, im Verhältnis zum kurzen, aber erstaunlich straffen Körper, recht großen Kopf mit den breiten Lippen und markanten Kinnbacken eine gewisse Anziehungskraft auf Frauen verliehen, eine seltene Mischung aus Charisma und Kraft, die seine natürlichen Merkmale zu überwinden vermochte und Frauen dazu reizte, ihn aufzuheitern, zu verwöhnen, einen spitzbübischen Funken in seinen stets ernsten Augen zu entzünden.

Männer legten das anders aus, nämlich als rücksichtslose Gewalt, die nicht zu stoppen war, und doch gab es manche, die sich da Hoffnungen machten und ihm an der Ecke auflauerten. Diese unterstellten ihm auch gern kriminelle Machenschaften. Ehrlich gesagt, es hätte keinen gewundert.

Mit der Selbstverständlichkeit dessen, dem es nie an etwas gefehlt hat, nahm Schai Achlama Platz. Mit der demonstrativen Geste derer, die früher keinen Groschen hatten, setzte sich Bunnie, hundertvierundachtzig Zentimeter ehemaliges Supermodel. Er ist schon vierunddreißig, klein, mit Glatzenansatz, Sohn eines einheimischen Großreeders. Sie ist siebenundzwanzig, und trotz ihres umwerfenden Aussehens haben ihre Gesten etwas Fahriges bis Nervöses. Sie suchen ein Anwesen in der Wohnsiedlung, genauer gesagt, zwei angrenzende Grundstücke.

»Aha«, murmelte Gabi Chayek, fast nur zu sich, bemüht, jedes Anzeichen von Überraschung zu unterdrücken. Zwei angrenzende Grundstücke – ihm wollte nichts einfallen, aber das sollte ihn nicht daran hindern, etwas für dieses wunderbare Paar zu tun, die Spitze der oberen Zehntausend. Zwei angrenzende Grundstücke, wie Kreitmann, wie Gigi, wie Reschef, wie die wirklich Großen.

Chayeks Ambitionen waren anfällig, fragil wie Seifenblasen. Großmannssucht pulsierte in seinen Adern. Die Achlamas, die in seinem Büro saßen, verliehen ihm Sicherheit, als sei er schon einer der großen Immobilienhaie, mit Einkaufszentren in Fernost, Seniorenresidenzen im Scharon und Kasinos in Budapest. Das Herz schwoll ihm in der Brust.

Schai Achlama – dunkel und klein, seinem Vater wie aus dem Gesicht geschnitten – streckte resolut seine breite Rechte aus, durchhieb die Luft wie mit einer Klinge. Höchstens ein Meter achtundsechzig, etwa in Chayeks Größe, und die eins vierundachtzig seiner Superfrau störten ihn kein bisschen. So einer wie Schai Achlama würde Kinder mit solch einer Sexbombe machen. Die Kinder kämen sowohl schön als auch reich auf die Welt, nach der bekannten Regel: Der eine hat alles, der andere gar nichts. Tikis Augen klebten wie ein Magnet an Bunnies schlanker Figur, als die Klientin gut gelaunt Chayeks Büro verließ, Tiki einen befremdeten Blick zuwarf und die Ausgangstür ansteuerte. Ein Meter vierundachtzig, höchstens fünfundfünfzig Kilo, ihre Taille konnte man mit Daumen und Zeigefingern umfassen. Ihr Haar wehte wie auf einer Shampooreklame. Alles hatte sie, die da. So viel Geld, wie sie sich nur vorstellen konnte. Und dann war sie immer noch nicht glücklich.

Tiki hätte ihr gern gesagt, dass Geld nicht alles im Leben ist. Geld bringt keine Liebe. Andererseits macht Mittellosigkeit auch nicht glücklich, und während sie noch an ihren Ehemann Chami dachte, starrte sie Gabi nach, der mit leuchtendem Gesicht, aber auch einem Schatten von Bedauern in sein Büro zurückkehrte – er hätte sich eine größere Frau als Jafit aussuchen sollen.

Zwei angrenzende Grundstücke am Rand der Siedlung, wo die Freiflächen beginnen. Zwei große Nachbargrundstücke. Viel Geld. Vier bis fünf Millionen Dollar, davon zwei Prozent gerechnet … Zwei angrenzende Grundstücke. Zwei hat er nicht, aber die Fuhrmanns wollen ihr Haus verkaufen. 1250 Quadratmeter. Rechts von den Fuhrmanns wohnen die Weissmanns – ein neues Natursteinhaus im Mandatsstil, grüne Metallläden, Geranien, Olivenbäume mit dicken, knorrigen Stämmen aus irgendeinem arabischen Dorf in Galiläa. Kommt nicht in Frage. Links die Schwebels.

Wie gesagt, die Schwebels.

Die Schwebels, ein deutsch-jüdisches Ehepaar, das in den siebziger Jahren aus Jerusalem zugezogen war, hatte es rein zufällig in die Wohnsiedlung verschlagen. Sie waren vernarrt in den großen Garten, in dessen vorderem Teil eigenartige seltene Blumen blühten, umgeben von grünen Gemüsestauden, aber ohne Rasen, der sich bei dem hiesigen Klima von selbst verbietet. Hinter dem Haus hatten sie eigenhändig ein Samenkeimbett für den Hausgebrauch angelegt. Strenge Naturköstler, kinderlos, starker deutscher

Akzent, pfropften Mango auf einen Pflaumenbaumstamm, Klementine auf Zitrone. Ein Plattenweg führte zum Haus, am Ende drei Stufen zur Tür, und neben den Stufen ein Jacarandabaum, der das Haus mit seinen lila Blüten, grünen Fächerblättern und langen braunen Schoten überwölbte. Sorgfältig trennten die Schwebels organischen Abfall und recycelbaren Müll. Am hinteren Rand wurde eine Kompostiergrube ausgehoben, deren Erzeugnis sie zum Düngen benutzten.

Er würde den Fuhrmanns und den Schwebels je zwei Millionen Dollar anbieten, legte er sich seinen Plan zurecht. Aber als er bei den Schwebels war, sah er ein, dass er sie mit zweieinhalb verblüffen musste. Zu seiner Überraschung antwortete ihm der greise Hermann Schwebel – drei!

Gabi Chayek willigte auf der Stelle ein, erkannte, dass Feilschen sinnlos war. Hermann Schwebel lächelte zufrieden. Naomi Schwebel war entsetzt, überrumpelt von dem »Geschäft perfekt«, das die beiden Männer mit Handschlag besiegelten. Sie hörte deutlich die Worte »Geschäft perfekt« aus dem Mund ihres Mannes Hermann. Das Herz wollte ihr zerspringen. Sie brachte kein Wort heraus. Gabi Chayek ergriff erneut Hermanns nunmehr schlaff herabhängende Rechte. »Gratuliere«, sagte er, »ihr habt ein gutes Geschäft gemacht. Ihr werdet es nicht bereuen.« Hermanns Gedanken überschlugen sich. In knapp einer Minute Verhandlung hatte er eine halbe Million Dollar verdient. Er gibt das Haus, sie geben drei Millionen Dollar, eine immense Summe, aber im selben Augenblick zerfiel die ganze Summe zu nichts in seinem Hirn.

Er gibt das Haus, sie geben drei Millionen. Ein Geschäft war mit Handschlag besiegelt worden. Er hatte bekommen, was er wünschte, ehe er sich über seine Wünsche klar geworden war. Seine Hand ruhte schlaff auf der leicht gebeugten Schulter seiner Frau, und er sah vor seinen Augen, wie das Alter sie schlagartig ansprang, plötzlich auf ihren Schultern saß, obwohl sie auch vorher nicht jung gewesen war. »Geschäft perfekt«, hallte es ihr durch den Kopf, die Stimme war Hermanns, der sirrende Schlag kam von den drei Millionen Dollar.

Sie hatten nie offiziell geheiratet. Jetzt war es auch etwas spät, damit anzukommen. Welcher Teufel hatte Hermann geritten? Sie blickte ihn an. Sein Blick war verwirrt. Naomi musste glauben, dass er wusste, was er tat, aber sein Körper schien seine Biegsamkeit verloren zu haben. Seine Beine bewegten sich wie Stelzen. Sein Gewicht ruhte auf ihr. Sie führte ihn behutsam zur Sitzecke in der Küche, befürchtete, er könnte vor ihren Augen ohnmächtig umkippen. Die ganze Sache mit den drei Millionen Dollar wurde aus ihrem Kopf verdrängt, machte Raum für den Kopf ihres Mannes, der ihm zwischen die Schultern sank.

»Drei Millionen Dollar, Naomi«, er blickte sie mit glasigen Augen an. »Drei Millionen Dollar … Drei …«

Er saß auf der Holzbank in der Essecke. Naomi saß ihm gegenüber auf dem Stuhl. Drei Millionen Dollar … Drei Millionen Dollar … Was heißt das genau?

Zweiter Teil

JÜDISCHE FESTSTIMMUNG

8

Zwei angrenzende Grundstücke, eine Villa im Stil der Kanarischen Inseln, mit einem Swimmingpool in der Mitte. Eine Villa im kanarischen Stil – das heißt viele Bögen und Palmen und Ziegel und Bananenstauden und versteckte kleine Zierbecken, in denen Goldfische gemächlich ihre Bahnen ziehen.

Die Fuhrmanns räumten das Haus zwei Wochen später. Hatten eine großzügige Dachgeschosswohnung in einem Nachbarviertel gefunden, in einem Terrassenhaus aus dem Unternehmen *Gabi Chayek – echtes Prestige. Lebensqualität in Newe Chanit.* Einem marmorverkleideten Gebäude mit Portier und Wachgesellschaft. Alle sahen darin eine gute Wahl, ein passendes Domizil für die beiden. Der Auszug ging ruhig über die Bühne, ohne Abschiedsparaden. Die Alteingesessenen mochten sie nicht, betrachteten sie als Fremdkörper. Relativ jung, in ihren Sechzigern, waren sie in die Siedlung zugezogen, ohne eine militärische Vergangenheit oder eine sonstige Tätigkeit im Staatsdienst vorweisen zu können, hatten einfach das Haus gekauft. Er war ein erfolgreicher Rechtsanwalt von den Liberalen, seine Frau Hassia, früher Zahnärztin, hatte in den letzten zehn Jahren als Vollzeitgroßmutter für sieben Enkel fungiert. Mosche Fuhrmann galt als Verteidiger einiger Persönlichkeiten des öffentlichen Lebens, die sich in kriminelle Machenschaften verstrickt hatten, und als kaltblütiger Typ mit großer, gut eingeführter Kanzlei, in die seine beiden Söhne eingestiegen waren. Alle zwei Jahre fuhr er mit Hassia auf eine spirituelle Reise nach Fernost.

Schraga Livni kam gegen Mittag mit seinem Hund Chetz am Haus vorbei. Blieb stehen und guckte: bequeme, weiche Polstermöbel, der dunkle Lederbezug hier und da etwas abgeschabt, ein Heimfahrrad, ein Laufband, eine Staffelei, Ölgemälde in breiten Holzrahmen, Kupfergefäße, Essservice, Topfpflanzen, Teppiche, Kissen, Berge von Kleidung, eine schwere Stereoanlage, ein riesiger Fernseher. Nach und nach verschwanden all die luxuriösen und annehmlichen Dinge im Bauch des Lasters. Würde das Postamt nicht um zwölf Uhr für den Publikumsverkehr schließen, hätte Schraga Livini weiter neugierig das Entschwinden des Fuhrmann'schen Hausrats beobachtet und noch neugieriger den älteren Sohn der beiden, Rechtsanwalt und Wirtschaftsprüfer, der kürzlich aus der Familienkanzlei ausgeschieden und zum Kartellbeauftragten ernannt worden war.

Fuhrmann junior, der Kartellbeauftragte, überwachte persönlich den Umzug. Der hatte also mitten in der Arbeitswoche Zeit für seine Eltern gefunden. Livni musste an seine beiden Söhne samt Frauen und Kindern denken – die rannten Tag und Nacht im Dauerstress herum, den Kopf voll zündender Ideen, aber einen Beruf … einen Beruf … Und ihm schien, dieser Clan, der ihm entstanden war, war etwas zu groß geraten.

Die Schwebels hingegen waren in ihrer Trauer verstummt. Noch zwei Wochen, noch eine Woche, und der schrecklich präsente Kummer zeichnete sie. Warum hatten sie dann eingewilligt? Es hatte sie ja keiner gezwungen! Vermutlich wegen des unwiderstehlichen Geldangebots. Und kleinlicher Neid erwachte bei denen, die sich fünf, sechs oder sieben Millionen vorstellten.

In den Nachmittagsstunden gärte sich der organische Abfall in der Tiefe der Kompostiergrube zu Tode, und unter den Alteingesessenen bedauerten manche deren baldiges Verschwinden, denn der faulige Hauch duftete ihnen lieblich in der Nase, es war der altvertraute Landgeruch nach Dünger und Ernte, Landwirtschaftsschule, Jugendzeit, den Bewässerungsbecken inmitten der Zitrushaine, fetter Rotlösserde … Und kam er auch nicht an jenen einstigen Duft heran, war er doch zumindest ein Sinnbild, stand für das Ideal von spartanisch, gesund und gut, das man ihren jungen Seelen einst eingepflanzt hatte, erinnerte an Getreide- und Baumwollfelder, frisch gepflügte Furchen, Fischteiche, Landwirtspraktika, an Hannah Szenes, die britische Armee, kurzärmelige Khakiuniformen, bauschige Turnhosen mit Gummizug an den Oberschenkeln und lange, leichtfüßige Beine.

Das volle Ausmaß ihrer Fehlentscheidung wurde den Schwebels von Tag zu Tag klarer. Ihre stetig schwerer werdenden Glieder hatten sichtlich keinerlei Absicht, sich in Bewegung zu setzen. Der Wille mochte vorhanden sein, aber es fehlte die Kraft. Gabi nahm sich vor, sie gelegentlich aufzusuchen und die Sache voranzutreiben. Von Tag zu Tag, von Stunde zu Stunde, von Minute zu Minute wuchs die Lähmung der beiden. Die winzigen Zeiteinheiten brachten keinen Fortschritt. Der Hauch nahender Katastrophe hing in der Luft. Nicht alle spürten ihn, nicht alle wollten ihn spüren. Und auch die, die ihn witterten, zogen es vor, sich nicht in fremde Angelegenheiten einzumischen. Für eine derart astronomische Summe durfte man schon erwarten, dass sie ihr Haus gefälligst räumten.

Die Alteingesessenen konnten sich vielleicht ausmalen, zu welchen Lösungen verzweifelte Jeckes greifen mochten. Aber was soll man sagen: Sie machten sich nicht die Mühe. Jeder muss die Suppe auslöffeln, die er sich eingebrockt hat. Drei, vier, fünf Millionen Dollar … Solche Summen sind nicht geeignet, Mitleid zu erwecken.

Bunnie stand auf dem Fuhrmann'schen Grundstück und gab mit ausladenden Gesten allgemeine architektonische Vorstellungen kund. Ihre langen Beine steckten in hohen Lederstiefeln mit Bleistiftabsätzen. Die Architekten sahen neben ihr sehr klein aus. Auch Schai Achlama, der zwischen einer Sitzung und dem Mittagessen im Gourmetfischrestaurant *Am Meer* auf einen Sprung vorbeigekommen war, wirkte wie ein Zwerg. Alle nickten gehorsam. Eine junge Architektin übertraf mit ihren hochfliegenden Ideen sogar noch die großzügigen Gesten Bunnies, die sich dadurch bestärkt sah.

Die Schwebels spähten zu den Besuchern hinüber, die auf dem Nachbargrundstück umhergingen und voller Besitzerstolz auch ihr Haus in ihre Pläne einbezogen. Beide verbargen sich beklommen hinter dem vergitterten, mit Fliegendraht versehenen Fenster, dessen Scheibe matt geworden war. Sie beobachteten, vermochten jedoch nicht zu hören, was gesprochen wurde. Nur ihre eigene Angst konnten sie hören – ihr Herzklopfen.

Naomi Schwebel erinnerte sich erneut daran, dass sie nie formell geheiratet hatten. Schämte sich wieder einmal.

Der verwelkte und verdorrte Vorgarten war mit Werkzeug in Gelb, Grün und Rosa übersät. Die kaputten Läden des Hauses hingen schief in den Angeln, verliehen ihm das Aussehen eines schmutzigen, großen, alten Bettlers. Das Schild *Gabi Chayek – echtes Prestige. Lebensqualität in Newe Chanit* war auf Chayeks Anweisung an den dicken Stamm des Jacarandabaums genagelt worden.

Ohnehin wehten schon leichte Herbstwinde. Rosch Haschana stand vor der Tür. Im Trubel der Festvorbereitungen gerieten die Fuhrmanns in Vergessenheit, und auch die Schwebels verschwanden aus den Augen. Die Räumungsfrist war abgelaufen. Zwei Monate waren vergangen. Gabi Chayek beschloss, Härte walten zu lassen, die Räumungsfrist bis nach den Feiertagen zu verlängern und damit fertig. Ohne Bitten, Verzögerungen und Fantasiegeschichten. Er hatte sich persönlich erboten, den beiden beim Umzug behilflich zu sein, sie in einer erstklassigen Seniorenresidenz unterzubringen, einem wahren Fünfsternehotel. Die Alteingesessenen deckten sich rechtzeitig mit Karpfen und Hühnern ein. Die jungen Leute kauften neue Badeanzüge, buchten Flugtickets für einen Familienurlaub im Ausland, Feriendörfer auf den griechischen Inseln, hier und da eine Shoppingtour, Urlaub zu zweit auf den Bahamas, Verwöhnung pur. Inmitten jüdischer Feststimmung, in einer Atmosphäre freudigen Reisefiebers, eilte Gabi Chayek zum Haus der Schwebels, um persönlich ein Mahnschreiben auszuhändigen, das für den 15. Oktober, unmittelbar nach dem Ende des Laubhüttenfestes, die Zwangsräumung androhte. Dabei erinnerte er Naomi Schwebel noch einmal daran, dass er, wie auch in dem Schreiben vermerkt, bis zu dem genannten Termin zu jeder möglichen Hilfeleistung gern bereit sei. Naomi Schwebel versprach, dass sich auf die eine oder andere Weise alles in Frieden regeln werde. Gabi Chayek hörte sehr wohl die Worte »auf die eine oder andere Weise«. Er biss die Zähne zusammen.

9

Der Siedlungsrat musste sich mit der Wirklichkeit abfinden. Die Neusiedler bevorzugten große Familien. Deshalb war es mit der bisher üblichen Abonnementsermäßigung für nur ein Au-pair-Mädchen pro Familie im Sportzentrum nicht getan, man musste den Erwerb von mindestens zwei verbilligten Abonnements gestatten, ein Au-pair-Mädchen auf zwei Kinder gerechnet, mehr schafften sie nicht. Das Problem war natürlich nicht finanzieller Art, die Neuen hatten keine Geldschwierigkeiten. Es war eine Grundsatzfrage. Es ging ums Prinzip.

Itzig, der Ratssekretär, wippte auf einem neuen Bürosessel, notierte stockend die Entscheidung, die Jehoschua Gat ihm diktierte. Möbel und Büroausrüstung waren vor Kurzem erneuert worden, gegen den erbitterten Widerspruch Schraga Livnis, der meinte, man dürfe ihr nicht nachgeben, dieser Verschwendungssucht der Neuen, die zu vornehm seien, um ihren Hintern auf einfache Stühle zu platzieren.

Jehoschua Gat formulierte sorgfältig die Entscheidung der Ratsmitglieder, die nunmehr den ermäßigten Eintritt höchstens zweier Au-pair-Mädchen gestattete, gebunden an die Vorlage gültiger Arbeitserlaubnisse im Land. Itzig warnte, dass dieser Paragraph auf Widerspruch stoßen und die Neuen veranlassen könnte, ihrerseits Forderungen zu stellen, etwa bezüglich des kürzlich aufgestellten neuen Einbahnstraßenschilds, das von den Alteingesessenen wieder entfernt worden war, weil sie sich weigerten, die Hauptstraße der Wohnsiedlung in ihrem überwiegenden Teil als Einbahnstraße zu betrachten. Wer weiß, vielleicht wäre sonst die tragische Verletzung des jungen Mannes verhindert worden, den Jehoschua Gat vom Motorrad gerissen hatte, als er, entgegen die Fahrtrichtung fahrend, den ihm in durchaus zulässiger Geschwindigkeit Entgegenkommenden glatt übersehen hatte.

Jehoschua Gat polierte nervös seine dicken Brillengläser und nahm die Beschränkung auf zwei Hilfskräfte wieder zurück. Schließlich kamen die Pfleger der Alteingesessenen völlig gratis ins Sportzentrum.

Um ein Uhr holte seine Frau Hadara ihn zu einem leichten Mittagessen ab, wonach sie zu einem Seminar ins Absalom-Institut fahren würden, wo sie gemeinsam Professor Halevis Vortrag über die römische und byzantinische Mosaikkunst im Land Israel hören wollten. Hadara legt daheim auch selbst Mosaike: kleinformatig, bunt, farbenfrohe Stillleben, geometrische Arabesken, Frauenprofile, bei denen es ihr besonders die Augenbrauenbogen angetan haben. Mit den Lippen tut sie sich dagegen etwas schwer, was nicht wundert, denn ihre eigenen Lippen sind schmal und rissig, und sie hat die alte Angewohnheit, sie in den Mund einzusaugen, als sei sie ständig mit etwas anderem beschäftigt. Hadara ist nämlich selbst dann, wenn sie nichts tut, in Sorge, vergeudet keine Minute. Wer ihre Gesichtszüge jedoch länger studiert, erkennt auch die heitere Ausgeglichenheit einer Frau, die zu Ruhe und Besitz gelangt ist. Sie gehört zu denen, mit denen es die Jahre nun gerade gut meinen, denen, die in ihrer Jugend unscheinbar, vielleicht sogar hässlich waren, aber die Jahre machen Gott sei Dank alle gleich, und was letzten Endes zählt, sind Gesundheit und vernünftige Lebensweise. Und tatsächlich ist sie mit Elastizität gesegnet, ein Ergebnis regelmäßiger sportlicher Betätigung von Jugend an, und schlechte Angewohnheiten sind ihr völlig fremd. Sie hat im Leben keine Zigarette angerührt.

Seit sie denken kann, ist sie mit Jehoschua zusammen, schon im Kinderhaus im Kibbuz. Immer waren sie ein junges Paar gewesen. Alle wussten das, und auch ihnen wurde es bereits in der neunten Klasse, dem ersten Jahr auf der Bezirksoberschule, bewusst, und zwar auf wunderbare Weise, von der die Kibbuzmitglieder erst Wind bekamen, als eine Infektionskrankheit ausgebrochen war. Sechzig Jahre sind seither vergangen, aber sie wird es ihm nie vergessen, wie er sie, die sich vor Bauchschmerzen krümmte, ganz offen zur Krankenschwester des Kibbuz begleitete, wie man sie dann ins Schottische Krankenhaus nach Tiberias brachte und er sich dort unter ihr Bett legte und die ganze Nacht bei ihr schlief, bis sie am nächsten Tag entlassen wurde. Und wenn sie daran zurückdenkt, rollen sich ihre Lippen nach innen. Nicht nur aus Dankbarkeit, sondern auch mit Bedauern. Einem undankbaren, schmollenden Bedauern über das, was sie möglicherweise verpasst hat.

Nun ja, verpasst ist verpasst. Womit hatten sie angefangen? Mit nichts! Mit dem zweieinhalbjährigen Jurik auf dem Arm, Smadar im Bauch und ihrem Lehrerdiplom in der Tasche waren sie aus dem Kibbuz ausgezogen. Jehoschua war schon Hauptmann im Ausbildungskorps, hatte eine fehlende Reifeprüfung nachgeholt. Und sie hatten sich alles aus eigener Kraft aufgebaut. Hatten gelernt und gearbeitet, waren vorangekommen, und das Wichtigste – es geht ihnen gut. Wie viele Paare können schon behaupten, dass es ihnen gut geht? »Gut«, ohne mit der Wimper zu zucken und die Augen zu senken, ohne Lügen und Versteckspiel? Ihre Liebe ist schlicht und gesund, aktiv und offen, und sie haben die Probe bestanden. Sie beide. Sie hätten straucheln können, aber Jehoschua war sensibel und zugewandt und hatte echte Hochachtung für ihre Schultätigkeit, die sich zu einer pädagogischen Karriere mit zweitem Abschluss und Promotion und schließlich der Leitung der Sonderschulabteilung auf dem Seminar entwickelte, begleitet von einer Krebserkrankung mit Brustamputation und Rekonstruktion und Genesung und langjähriger Angst vor einem Rückfall. Jetzt sind sie, Gott sei Dank, beide gesund und munter. Kommen zurecht.

Hadara fuhr selbst für diejenigen, die gemächlich auf der rechten Fahrbahn kutschierten, übertrieben langsam. Jehoschua merkte es, hielt sie aber nicht zur Eile an, er hatte schon genug von Autofahren und Straßen. Ihr Blick war konzentriert, aber ihr Gehirn schweifte ab zu etwas, das ihr ein wehmütiges Lächeln bescherte. Als sie sah, dass er sie beobachtete, biss sie sich auf die Lippen. »Einen Piaster für deine Gedanken«, begann sie das Spiel mit der humoristischen Übersetzung von Redewendungen, das sie beide gern spielten. »Der Pudding wird ein Clou, gibst du Sahne dazu«, konterte er lächelnd. Im Alter war es ihnen vergönnt, sich über den kleinlichen Alltagskram zu erheben, und dienstags hatten sie *a bissl* geistige Anregung, Archäologie des Landes Israel. Ein Glück, dass bei beiden der Kopf noch funktionierte, ein Glück, dass sie durchgehalten hatten, nicht vom rechten Weg abgewichen waren. Ein Glück, dass er nicht aufgegeben hatte, nicht fortgelaufen war in den Jahren des Krebses, wie er jene Zeit im Stillen nannte. Denn jetzt hatten sie Zeit für sich, für geistige und körperliche Dinge.

Ja, auch die Fürsorge für den Körper macht ihnen Freude. Sie trinken vernünftigerweise Kräutertees, süßen mit Honig, rühren gehörig um, essen zum Nachtisch Kuchen aus Vollkornmehl. Wenn sie einen Apfel essen, schälen sie ihn vorher, wenn sie Geschirr spülen, trocknen sie das Besteck ab. Sorgfalt in kleinen Dingen. Und sie können gar nicht genug staunen darüber, dass sie im Alter … Sie staunen nicht direkt, sondern spielen heiter mit dem Gedanken, dass sie es immer gewusst hätten, auch als sie keine Ahnung hatten. Als hätten sie von Vornherein erraten, dass etwas, das weder war noch ist, durch etwas sehr wohl Bestehendes ersetzt werden würde, etwas Beruhigendes, Berechtigtes.

Ein Trupp Oberschüler überquerte die Straße, lässig, laut, schlurfend, flegelhaft. Jehoschuas und Hadaras privates Glück verflog zu einem Seufzer. Würden aus denen hier die Kampfsoldaten und Wissenschaftler und Forscher und Dichter der kommenden Generation hervorgehen?

10

Der Vorabend von Rosch Haschana, jüdische Dämmerstunde. Familie auf Familie, Männer, Frauen und Kinder strömen zur Synagoge, vereinigen sich zu einer weißen Flut, die sich vor dem Eingang staut und den gepflasterten Vorplatz sowie die angrenzenden Straßen und Fußwege füllt. Die Alteingesessenen gehen nicht in die Synagoge, fühlen sich zwar jüdischer denn je, aber trotzdem – mit Synagogen und Rabbinern haben sie nichts am Hut.

Gabi Chayek kam unterwegs zur Synagoge am Haus der Schwebels vorbei, und das sah besorgniserregend hell erleuchtet aus. In allen Räumen brannten sämtliche Lampen. Keiner der Passanten kümmerte sich. Alle verzogen angewidert das Gesicht – die Kompostieranlage stank wie die Pest –, rümpften die Nase: am ersten Neujahrsabend … Gabi Chayek ging gleichmäßigen Schritts weiter. Die große Festbeleuchtung war eigenartig. Aber nur ganz kurz, einen flüchtigen Augenblick, ahnte er vielleicht, was dort im Lichterglanz vor sich ging, und wischte es sofort weg.

Seine Hand, die die Samthülle mit dem Festtagsgebetbuch hielt, rieb am Stoff, schwitzte leicht. Er packte fester zu. Der Gedanke anzuhalten huschte ihm durch den Kopf, aber seine Füße machten stur einen Schritt nach dem anderen Richtung Synagoge, zu dem Platz in der ersten Reihe, der ein Vermögen kostete.

Am Vorabend des zweiten Feiertags war es schon zu spät, aber Gabi Chayek wartete sicherheitshalber bis zum Ausgang des Festes am Abend darauf. Das war nicht einfach. Im Verlauf der beiden Neujahrstage musste er die Schwebels wieder und wieder aus seinen Gedanken vertreiben. Den ruhigen, von üppigen Mahlzeiten gekennzeichneten Festverlauf störten Bilder des Todes – vielfältige Todesarten, blutig, schläfrig, friedlich, feierlich, alle nur möglichen Tode, darunter sogar das futuristische Entschwinden in einem Mutterraumschiff, der Quelle des großen Lichts. Der Tod beeinträchtigte die Atmosphäre des Gottesdienstes unter den Honoratioren der Wohnsiedlung, das Festessen im Familienkreis, das gemächliche Blättern in den Feiertagsbeilagen der Zeitung im Bett, das Fernsehen – eine Marathonsendung des Komikertrios »Der bleiche Späher«. Ein beschissenes Jahr stand vor der Tür. Gelegentlich schaute Chayek auf seine Uhr. Die Zeit schlich dahin. Erschossen, vergiftet, mit Schlaftabletten vollgepumpt.

Zwei Tage waren lange genug, um zu wissen, dass sein Telefonanruf nicht beantwortet werden würde, auch nicht sein Drücken auf die Klingel. Die Tür würde nicht aufgehen, nur stilles, regloses Dunkel durch die Fenster dringen. Die beiden lagen tatsächlich in ihren Betten, hielten sich an den Händen, einander sehr verbunden, nicht erschossen und nichts. Hermann im festlichen Pyjama und Naomi im Nachthemd. Sie lagen beide auf dem Rücken unter der dicken Winterdecke, ein leeres Schraubglas von Schlaftabletten auf dem Nachtschrank neben Naomis Bett.

Das Zimmer war blitzsauber. Ein Strauß aus Gerbera und Gipskraut zierte eine Vase auf dem Schreibtisch. Jeckes, alles ordentlich aufgeräumt. In der Mitte des Bettes lag ein verschlossener brauner Umschlag, in klaren roten Druckbuchstaben *An unsere Schwester Gitte* adressiert. Gabi Chayek rief die Polizei vom Handy aus an. Traurig und leicht. Traurig und leicht.

Gabi Chayek meinte nichts zu verbergen zu haben. Handfeste Beschuldigungen schwirrten durch die Luft, aber Chayek verzog keinen Muskel im Gesicht. Geschäft ist Geschäft, er biss die Zähne zusammen, und am Dienstagmittag, Punkt zwei Uhr, fand er sich zur säkularen Beerdigung im Kibbuz Enat ein.

Wenige waren gekommen: ein halb leerer Bus, um Viertel vor eins vom Geschäftszentrum abgefahren, und fünf Privatwagen. Eine spärliche, feindselige, kränkliche, schmerzerfüllte Trauergemeinde. Chayek lehnte sich an den dicken Stamm eines Korallenbaums, dessen ausladende Krone ihn großzügig beschattete. Seine Züge erhellten sich kurz bei dem warmen Händedruck, den Jeschajahu Kraft ihm schenkte, und der offenen Freude seiner Frau. Ihr Haus war durch seine Vermittlung das Jahr zuvor an den Inhaber einer Parfümerieladenkette aus Miami verkauft worden. Ein Jahr nach Geschäftsabschluss stand auf den Trümmern ihres Hauses bereits eine elegante Villa im toskanischen Stil, mit Zwergorangenbäumen und einem prächtigen Olivenhain. Das Ehepaar Kraft hatte eine Dreizimmerwohnung im betreuten Wohnen bezogen. Insgesamt wirkten sie gesund und munter, gut erhalten, zufrieden mit ihrem Los.

Schwarzi und Rutha, Jehoschua Gat und Hadara, Matan und seine Frau Pnina, Schraga Livni und Nechama, die es im letzten Augenblick zum Friedhof geschafft hatte, direkt vom Krankenhaus, wo sie Hannale besucht hatte, die, möge uns Gleiches erspart bleiben, plötzlich halbseitig gelähmt war – sie alle musterten Chayek mit scharfem, anklagendem Blick. Von ihm aus konnten sie ihn anstarren, so lange sie wollten, bei dieser Geschichte war keine Moral und kein Fehlverhalten im Spiel. Es war eine Geldaffäre, keine Gefühlsangelegenheit.

Mit leichter Verspätung kam vorsichtigen und gemessenen Schritts Frau Sarah Gabrieli, am Arm ihrer hübschen Tochter Hilali. Chayek beobachtete die beiden den ganzen Weg lang, vom Aussteigen aus Hilalis Schrottschleuder, einem Golf Baujahr 1998, bis zu dem Punkt nahe des offenen Grabes, an dem sie stehen blieben. Mutter und Tochter entdeckten ihn gleichzeitig, und von da an trennten sich ihre Gedankengänge, jeder mit seinen eigenen Verästelungen. Sarah dachte, an dieses Schätzchen, das frech am Baumstamm lehnte und an einem Grashalm kaute, würde sie sich erst noch gewöhnen müssen. Der Apfel war sichtlich nicht weit vom Stamm gefallen, überlegte sie und erinnerte sich an seinen gebeugten Vater, der stets ein Barett trug, jede Frau, die seinen Laden betrat, mit Madame anredete und seine Söhne erbarmungslos verprügelte. Hilali, bei der man nicht sagen konnte, ob sie lediglich ihre Mutter begleitete oder auch aus Trauer über die Schwebels und ihr Schicksal an der Beerdigung teilnahm, dachte, dass sich nichts geändert hatte. Er war hässlich wie damals, mit dieser Visage und der breiten Adlernase – nicht mal die Römer hatten solche Nasen gehabt. Seine Raubvogelaugen, deren Blick hypnotisieren konnte, fixierten sie erneut. Sie senkte die Augen. Ein Blick so braun wie dickflüssige, brodelnde Schokolade.

Gabi Chayek nahm alle Blicke wahr – die anklagenden Blicke der Alteingesessenen, den Blick Sarahs, deren Verkaufswille sichtlich reifte, und den süßesten von allen, Hilalis Blick, der ihn hier, an diesen Baum gelehnt, genau so erschauern ließ wie damals, als er am Flammenbaum der Kobrins lehnte, in der einen Hosentasche ein Geldbündel, in der anderen einen Joint. Sarah Gabrieli hatte ein ungemütliches Gefühl, aber Hilali erkannte an dem angedeuteten Lächeln auf seinen vollen Lippen, dass er im Geist mit Bettlaken und Begierden und dreckigen Gedanken beschäftigt war, einem Hintern so rund, dass er kein Kissen brauchte.

Er musterte ihre braun geschminkten Lippen, die hochgeschobene dunkle Sonnenbrille, die ihre dichte, glänzende Haarfülle bändigte, und ihm schien, dass sich ihr Hintern nur für ihn so wölbte. Ihm schien, ihr Hintern würde Französisch parlieren. Ihm schien, ihr Hintern zwinkere ihm zu – alles möglich. Er bückte sich und riss ein Grasbüschel aus, kam wieder hoch, beließ aber einen Fuß am Baumstamm, verharrte in einer sonderbaren Grätsche, elastisch, federnd, sprungbereit, auf alle Eventualitäten gefasst. Er bemerkte den Anflug eines Lächelns auf Hilalis Lippen, einen fernen Schatten jenes Lächelns von damals, am Tag danach, gegen Mittag, als er sie in der Schule nicht hatte finden können, wie verrückt nach ihr gesucht hatte und nicht auf den Stützpunkt zurückgekehrt war. Er hatte sie auf dem Schulhof, auf den Straßen, im Geschäftszentrum gesucht. Im Haus machte keiner die Tür auf, nahm niemand das Telefon ab, und erst als er mit letzten Kräften den dünnen, kratzigen Stamm des Japanischen Mispelbaums vor ihrem Fenster hochkletterte, sah er sie ohne Unterhose auf dem Bett liegen, ein Buch lesen und ihn anfeixen – so verletzend, grausam und arrogant wie ihr Lächeln jetzt.

Er spürte einen Druck in den Lenden. Beinahe eine Erektion. Sein Blick schweifte zu den Häusern des Kibbuz ringsum, zu den weiten Rasenflächen.

Eine säkulare Beerdigung, ohne Ritual und ohne Schwung.

Beim Anblick der zwei schwarzen Ambulanzwagen, die von Kibbuzmitgliedern gesteuert wurden, scharten sich die Trauergäste um die beiden geschaufelten Gräber. Gabi Chayek näherte sich den Trauernden. Nicht zu weit. Alle senkten schweigend den Kopf. Es gab keine geheiligten Rituale. Nur Leere. Verlegenheit. Vier kräftige Männer trugen die Holzsärge, senkten sie in wohlgeübtem Einklang in die rechteckigen Gruben, schoben Erde hinein, ein Schürfen, das in der Stille besonders grell klang. Als wären die Einbettung und das Zuschaufeln die Hauptpunkte der Zeremonie. Einer nach dem anderen traten die Männer vor und halfen beim Schaufeln. Jeder legte der Reihe nach ein Steinchen auf. »Warum legt man einen Stein drauf?«, erkundigte sich Pnina bei Sarah Gabrieli. »Aberglaube«, erwiderte ihr

Sarah, »damit die Seele nicht abhaut.« Zwei hübsche lose Erdhügel, mit Steinen gesprenkelt. Die Frauen traten heran und legten Blumensträuße nieder. Nechama Livni dachte sich, hier hätte es nett sein können, aber sie hatten schon frühzeitig zwei nebeneinanderliegende Grabstätten auf dem Friedhof von Ramat Hascharon gekauft.

Eine strenge und asketische alte Jeckin stellte sich den Versammelten als Naomis Schwester Gitte vor, war also »unsere Schwester Gitte«, die Adressatin des Umschlags, auf deren Bankkonto jetzt drei Millionen Dollar, abzüglich der Bestattungskosten, wacker anschwollen. Sie hielt zwei frische Sträuße reinweißer Callas in Händen und begann mit zögernder Stimme ein paar Sätze zu sprechen:

»Naomi und ich sind in Frankfurt geboren, in Frankfurt am Main.« Das t von Frankfurt zischte in betont jeckischem Akzent. »Ich bin 1936 geboren, und Naomi war vier Jahre älter als ich. Unsere Eltern brachten uns vor dem Krieg, 1939, nach Erez Israel und kehrten nach Deutschland zurück.« Ein kristallener Speichelspritzer leuchtete auf Gittes Unterlippe und erregte Chayeks Aufmerksamkeit.

»Wir beide blieben allein, und Naomi war mir Schwester und Mutter. Hermann und Naomi waren seit 1952 zusammen. Ich habe gar nicht geheiratet.« Verlegenheit trat auf ihre Lippen, dann ein schelmischer Funke, der ihrer deutsch-jüdischen Strenge widersprach. Was ist sie denn so selbstzufrieden, dachte sich Rutha. Also gut, sie hat nicht geheiratet, und andere ja. »Hermann war mir Schutz und Stütze«, fuhr Gitte fort, und Gabi Chayek konnte sich beim besten Willen nicht vorstellen, was diese alte Frau mit drei Millionen Dollar anfangen würde. »Trotz alldem wusste ich nicht«, und hier erstickte ihr fast die Stimme, »trotz allem habe ich rein gar nichts von dem gewusst, was sie in den letzten Wochen durchgemacht haben. Und dabei waren wir in Kontakt, haben zu festen Zeiten miteinander telefoniert. Sie haben nicht mal andeutungsweise den Gedanken erwähnt, das Haus zu verkaufen. Und erst recht nichts vom Tod. Wie ein Blitz aus heiterem Himmel, und doch war es zu erwarten. Wirklich zu erwarten. Genau wie damals, als unsere Eltern uns in Palästina zurückließen und nicht mal andeutungsweise Pläne für eine längere Trennung erwähnten, und schon gar nichts von Konzentrationslagern.«

Gabi Chayek hatte geahnt, dass sie irgendwie bei der Schoah landen würden. Ob nun Jeckes oder nicht. Er scherte sich nicht darum, dass einige ihn mit dreisten Blicken fixierten, wie Schraga Livni, der mit seinen starren Augen etwas andeuten wollte. Gabi Chayek hatte nicht die Absicht, etwas herauszulesen. Ihm schien, ein weiteres erbarmungsloses Lächeln kräusele Hilalis Lippen. Ein böser Funke entflammte in ihren braunen Augen. Sie hatte kein Mitleid mit Alten, die Millionen besaßen, auch wenn sie den Tod wählten.

»Besonders erinnere ich mich an eine Geschichte, die sie mir oft erzählt hat«, setzte Gitte ihre Rede fast im Flüsterton fort, »das Märchen vom nächtlichen Blumenwalzer.« Die Alteingesessenen unter den Trauergästen hielten diese alte Mär für sentimentalen Stuss, der nicht zur Sache gehörte, aber gerade sie weckte Mitleid in Hilalis Herz. »Ich war drei Jahre alt, Naomi war sieben. Unsere Eltern waren weit weg. Wir wohnten bei Vaters Schwester, der meine Eltern so viel wie möglich schickten, so lange es noch etwas zu schicken gab, aber das dauerte nicht lange.« Den Alteingesessenen wurde weicher ums Herz, als die Schwester schilderte, wie sich jeden Abend, nachdem die Klappbetten aufgeschlagen und bezogen waren, das bescheidene kleine Zimmer in der Allenby-Straße mit goldenen Lichtern füllte. »Naomi konnte das. Prinzessinnen mit Krinolinen in Form von Rosen und Tulpen und Nelken und Callas wirbelten im Reigen mit feinstängeligen Prinzen, so lang und blütenweiß wie Lilien. Die Reigentänze dauerten bis zum ersten Morgenlicht, und die Kristallkaskade, die von der Zimmerdecke sprudelte, erstrahlte im schimmernden Laternenlicht von draußen. Naomi konnte in den Glastropfen Welten erschaffen.« Gitte bückte sich und legte die beiden frischen Callasträuße auf die zwei Gräber. »Naomi hat Blumen geliebt.« Ihre Stimme brach.

Auf der Rückfahrt von der Beerdigung ins Büro, am Steuer seines angsteinflößenden schwarzen Mercedes, legte Chayek eine CD von Boaz Sharabi ein, drehte sie volle Pulle auf und dachte sich, dass er mal eine ordentliche jüdische Beerdigung wollte, mit einem Sohn, der das Kaddischgebet spricht.

Dritter Teil

DER TRIUMPHZUG DER SIEGER

11

Auf dem Dach der neuen Eingangshalle des Country Clubs steht Jackie Galai und stellt behutsam die schwarzen Zeiger der Riesenuhr, die Gabi Chayek dem renovierten Sportzentrum spendiert hat. Tick-tack, tick-tack, *Gabi Chayek – echtes Prestige.* Halb sechs. *Lebensqualität in Newe Chanit.* Letzte Vorbereitungen für die traditionelle Party zum Ende der Badesaison, die wie immer nach der herbstlichen Feiertagsserie stattfindet. Ein Monat ist seit dem Tod der Schwebels vergangen – ein Ereignis, das als festes Datum in die Ortsgeschichte eingegangen ist.

Jackie Galai – Direktor des Sportzentrums, zweiter Abschluss in Betriebswirtschaft, gut aussehend, um die fünfzig – mustert zufrieden den generalüberholten Country Club, den weitläufigen Rasen, das renovierte Buffet, den hochwertigen Holzboden, der an das Deck einer schicken Jacht erinnert, den gepflegten Kiefernhain und – als Glanzpunkt – den modernen Fitnessraum, ausgerüstet mit hydraulischen Hanteln, der letzte Schrei in der Sporttechnologie.

Auf der anderen Seite sieht man Einwohner in Scharen auf das Zentrum zuschlendern. Paare, die sich zu Vierergruppen vereinen, zu Grüppchen zusammenschließen, ruhig und gemächlich den Weg beschreiten, der durchgehend mit Bodenplatten der Firma Ackerstein gepflastert ist. Die Frauen sind weiß gekleidet, die Männer ebenfalls, passend für eine besonders festliche Saisonschlussfeier – das Sportzentrum begeht sein fünfzigjähriges Jubiläum mit einer Cocktailparty am Freitagnachmittag, umspielt von einer angenehmen Brise und einem Hauch von Herbst.

Von allen Seiten strömen die Lieblinge der Götter herbei, schöne Menschen in ihren Dreißigern, Vierzigern oder Fünfzigern, gelassen und reich, der Himmel überschüttet sie mit Ruhe und Erfolg. Langsam, langsam, wimmelnd von Kindern und Au-pair-Mädchen, schreitet der Triumphzug der Sieger selbstsicher voran.

Vor den Toren kurz innehaltend, windet sich die Menschenschlange sachte hinein. Jackie Galai wirft einen letzten prüfenden Blick auf die Uhr, bevor er vom Dach steigt. Siebzehn Uhr fünfundvierzig. Alle sind frisch geduscht, haben Mittagsruhe gehalten, flüchtig die Zeitungen mit den Wochenendbeilagen durchblättert, Klatschspalten, Finanzberichte und Horoskop überflogen. Die Männer sprechen in ihre Handys, die Frauen miteinander. Der Rasen ist getüpfelt mit Grüppchen plaudernder Menschen. Männer für sich, Frauen für sich. Gerade erst haben sie ihr Haus fertig gebaut, und schon lassen sie sich scheiden? Man sagt, er habe sie geschlagen. Neeein! Er hat schon eine andere. Sie hat die Hälfte bekommen. Ist nach Ramat Hascharon gezogen. Doch gar nicht schlecht, oder? »Los, Liron, *come, come*«, ruft ein genervtes kleines Au-pair-Mädchen, das zwischen den langen, sonnengebräunten Beinen der Frauen durchprescht. Wann war die Scheidung? Vielleicht vor einem Monat. Was du nicht sagst! Ein neues Haus. Umzüge und Renovierungen sind gefährlich für die Ehe.

Tick-tack, tick-tack, *Lebensqualität in Newe Chanit*. Zehn vor sechs. Jackie ruft Sergej, damit er die Leiter fortbringt. Sofort! Auf dem Rasen des Country Clubs sind hohe, weiß gedeckte Tische verstreut. Wenn alle versammelt sind, wird man Platten mit Sushi darauf abstellen. Vom Buffet kommen nacheinander junge Kellner und Kellnerinnen in Jeans und weißen Hemden, tragen Eiswürfelbehälter, Kannen mit Wasser und Saft, Breezer, Whisky, Wodka und Weißwein. Alles vom Feinsten. Wir haben nicht gespart. Karotten- mit Orangensaft, ganz frisch gepresst.

Die Kinder rennen freudig erregt zu den luftgefüllten Hüpfgeräten. Dralle Füßchen stecken in hochwertigen Markensportschuhen kleinster Größe, erstklassigen italienischen Sandalen, rosa Spangenschuhen oder roten Lackballerinas, aus denen schneeweiße Söckchen mit Spitzenrand lugen. Kraushaar, Korkenzieherlocken, blond, brünett, rot. Perlenschnüre von Milchzähnen, Zahnlücken, glockenhelles Lachen, Angst- und Glücksrufe. »*Very good,* prima, prima. Noch'n biss'n, na, *up, up,* nein, nicht zu Mama. Nancy hier. Almog kommt zu Nancy, braves Kind«, versperrt Nancy, das hässliche Au-pair-Mädchen der Familie Peckelmann, der kleinen Almog den Weg zur Mutter. So läuft denn Almog zu Nancy, Rif zu Maria, Kim zu Josy, jedes Kind zu seinem Au-pair-Mädchen. Sie rennen, springen, kugeln, toben, sorglose Kinder. Nein, Kleider nicht schmutzig machen. Nancy ist böse. Maria ist müde. Josy hat keinen Mumm mehr. »Nicht Mama. Mama ist *busy*. Wer will *jump* mit Maria? Rif *jump* mit Maria. *Jump.*«

Das Schwimmbecken ist erleuchtet. Langsam verblasst

der Abglanz der letzten Sonnenstrahlen, und die farbigen Lichtgarben der Scheinwerfer verschmelzen, tröpfeln ins Wasser, färben alles in sanftes Pastellrosa. Prickelnde Fülle, pralle Gesundheit allenthalben. Die Kellner machen mit Cocktailtabletts die Runde zwischen den Gästen. Bloody Mary, Gin Tonic, Karottensaft für die, die keinen Alkohol trinken. Die Männer, Whisky und Zigarre in den Händen, erkundigen sich, was so läuft, vergleichen die Leistungen von Geländewagen, prahlen mit Neuanschaffungen. Dieser hat sich einen Porsche gekauft, jene haben ein Haus in der Toskana gemietet, sie fahren zum Skilaufen, in die Karibik, nach Ibiza, in die Türkei. Die Au-pair-Mädchen stehen in sicherem Abstand, lassen die Babys ihren ersten Schritt machen, die Kinder herumtollen, opfern sich, damit die Eltern ja nicht im Gespräch gestört werden. Auf der Zufahrtsstraße kommen die letzten Paare, unterhalten sich angeregt, haben es nicht eilig, nichts brennt an.

Sergej hastet los, um die Tür der renovierten Sauna zu öffnen, die Lichter anzuschalten, die Türen des neuen Fitnessraums weit aufzumachen, damit die Mitglieder ihn aus der Nähe begutachten können. »Eins, zwei, drei, eins, zwei, drei«, letztes Tippen an die Mikrofone. Vom Buffet kommen Kellner, auf den Schultern Platten mit Sushi, farbenfrohen Wunderwerken ähnelnd. Weitere Cocktails aus dem Shaker, beschlagene Weingläser, Mineralwasser. Woher nur rührt all dieser Überfluss? Noch und noch und noch …

Im Kiefernhain stehen ein paar Alteingesessene. Sind zum Gucken gekommen. Schließlich haben sie hier Gründeraktien. »Die wissen zu leben«, sagt Dan Kahana zu Matan Scharon, der zwar zu den Alteingesessenen zählt, aber ebenfalls für einen recht verschwenderischen Lebensstil bekannt ist. »Sie wissen, Geld zu machen«, erwidert ihm Scharon, der, wie gesagt, in allen Welten zu Hause ist, zu den alten Kameraden zählt, aber eine kubanische Zigarre in den Fingern hält und am Handgelenk ein breites goldenes Panzerarmband trägt, wie unter den alten Seebären der Marine üblich. Noch heute hat er einen muskulösen Körper, und jeden Schabbat segelt er eine bescheidene Jacht. »Da ist ja Sarahle«, lenkt Kahanas hübsche Frau Pnina, die sich in den letzten Jahren der gründlichen Erlernung der Feldenkrais-Methode verschrieben hat, die Aufmerksamkeit der Männer ab. In jungen Jahren, vor den Kindern, hatte sie im Studio von Gertrud Kraus, der Großmeisterin des modernen Balletts, in der Dov-Hos-Straße getanzt. Später trat sie mit Rina Schenfeld in der Truppe Bat-Scheva auf, und so hat sie sich noch im würdigen Alter eine ranke, schlanke Figur bewahrt.

Sarah Gabrieli hat Pnina ebenfalls von Weitem erkannt und kommt aufrecht und gemessenen Schrittes auf sie zu. Einige Schritte hinter ihr geht ihre Tochter Hila, die schöne Hilali, wirklich wunderhübsch anzusehen in der anliegenden weißen Leinenbluse zum weiß-gelb geblümten Rock und den schokoladenbraunen Augen. Hinter ihr her schlurft ihr einziger Sohn, Nadav.

Scharon schließt Hilali warm in die Arme, spürt am eigenen Leib, dass ihr, wenn sie nur will, noch eine große Zukunft bevorsteht, oder zumindest noch ein paar gute Jahre, wie ihrem Vater, der bis zum Ende wie ein Jüngling aussah. Er drückt sie mit seinen starken Armen an sich, und durch den Rock und die frisch duftende, enge Bluse schmiegt sich ihr Körper mit seiner ganzen weiblichen Kraft an ihn – der Körper einer Frau, die es mag, wenn man sie fest umarmt, die es merkt, es als Kompliment auffasst. Und genau so fasst sie es auf, wenn es von Matan Scharon kommt, ihm, mit dem rauchigen Rasierwasserduft und der Zigarre, der sonnengegerbten Haut, den Lachfalten um die Augenwinkel und dem glatt rasierten Schädel. Einen teuren Geschmack hat er, Washington, eine Jacht an der Marina, Seehandelsgeschäfte, weltgewandt, Mercedes, Cognac, Gourmet, geht in seinem Alter noch fremd, seine Berührung ist fast väterlich, aber nur beinah, denn gleichzeitig ist er auch erstaunlich geil.

Sie kann sich eigentlich nicht erinnern, dass ihr verstorbener Vater sie viel in den Arm genommen hätte. Sie kennt ihn tadelnd, enttäuscht, verletzt, total perplex, wieso dieses Volk, dem man alles gegeben hat, der plötzlich losrennt und Begin wählt. Und als Begin noch nach Koalitionspartnern zur Regierungsbildung Ausschau hielt, bekam ihr Vater mitten beim Tennisspielen einen Herzinfarkt und krepierte auf dem Platz. All das passierte kurze Zeit nach ihrer Bat-Mizwa, die man im Garten gefeiert hatte, mit Verwandten, guten Freunden und den Klassenkameraden, die ohnehin Söhne und Töchter der engen Freunde waren. Und tatsächlich hatte es vor seinem Tod schon ungute Vorzeichen gegeben, denn nach seiner Verabschiedung aus den Streitkräften, als Oberst der Luftwaffe, hatte er die Kurve nicht gekriegt, hatte Stellen wie Socken gewechselt, sich nirgends eingewöhnt, weil er mit seinen Mitmenschen nur schwer zurechtkam.

Seine Freunde betrachteten seine Widerspenstigkeit bis zum Tod als Kampfgeist. Die Familie war weniger begeistert. Für Hilali war sein Tod so scharf und absolut gewesen, dass sie gar nicht erst auf die Idee gekommen war, dass sie Sehnsucht und Zweifel empfinden könnte.

Auch eine feste Umarmung erschlafft. Gabi Chayek

starrt sie an, verfolgt mit Argusaugen die Wege, die Scharons Hände auf ihrem Körper wandern. Da steht Hilali, eine schöne Frau von dreiundvierzig Jahren, eingezwängt zwischen den Armen eines muskulösen Mannes mit Panzerarmband, der auf die achtzig zugeht, auf der einen und den schwarzen Augen eines Maniacs, die sie förmlich aufsaugen, auf der anderen Seite. Chayeks Hand umklammert das Glas Bloody Mary. Seine Finger werden rot, die Knöchel bleich, und er selbst ist dunkel, schwarz geradezu, finster, furchterregend. Im Kopf hat er nichts als den Körper einer schmalen, geschmeidigen Dreizehnjährigen, die zu jung war, um sie offen besingen zu können. Seine klammernden Hände drohen das Glas zu zerdrücken. Könnten die Glasscherben ihm doch nur das Blut ablassen, das in seinen Adern wallt.

Chayek wusste, sie war eine Lügnerin, log wie gedruckt. Nicht dass sie wirklich lügen würde, sie war einfach eine, der man nicht glauben durfte, der alles als Lug und Trug über die Lippen kam, gerade weil sie die Wahrheit sagen wollte. Obwohl er wusste und spürte, dass er der Erste war, hatte sie ihn aufgereizt, als hätte sie es schon mit vielen getrieben, so eine Nutte war sie. Und das mit dreizehn, verdammt noch mal.

Aus den Augenwinkeln sah sie ihn heiß laufen. Das Schwarze wurde rot. He, Frau, ich hab mich auch verändert, hätte er ihr an den Kopf werfen mögen. Er stellte sein Glas auf das Tablett der bezaubernden Kellnerin, die ihm bekannt vorkam – eine Freundin von Moran, seiner ältesten Tochter. Die war auch noch nicht zum Wehrdienst eingezogen, hatte auch lauter Pickel im Gesicht. Er hätte sie gern angeblafft: He, Frau, ich bettle nicht. Was ich haben will, kauf ich mir. Hilali wandte den Kopf. Ihre Blicke trafen sich.

Sie erinnerte sich nicht gern daran, nicht Freitagabend auf dem Rasen des Country Clubs, nicht angesichts seines durchdringenden Blicks, nicht im Kreis der Alteingesessenen, die ihr noch ihre Jugendsünden nachtrugen und vielleicht auch die Tatsache, dass sie heute geschieden war. Nein, sie dachte nicht gern daran, aber zwischen all diesen komischen Leuten hatte sie erst recht keine Lust, sich selbst zu bemitleiden. Vielleicht war es noch zu früh gewesen, um es zu wollen, und doch hatte sie es gewollt. Oder vielleicht war es gar kein Wille gewesen, vielleicht hatte sie nur gemeint, die Bedeutung dieses Wortes zu kennen. Aber auch wenn kein Wille bestanden hatte, war da etwas anderes gewesen, etwas, das nichts mit Willen zu tun hat, sondern mit Frau und Mann. Überhaupt konnte sie sich an keine konkrete Willensempfindung erinnern. Sie gehörte zu denen, die einwilligen. Zum Schluss hatte sie eingewilligt, wie sie später eingewilligt hatte zu heiraten, wie sie eingewilligt hatte, Mutter zu werden. Sie hatte eingewilligt. Aber es war eindeutig ein Bedürfnis gewesen. Wollen war in ihrer Sicht eine große Anmaßung. Und doch hatte sie gemeint, es zu wollen.

Nadav winkte ihr vom Rand des Rasens zu, wo er mit ein paar anderen Jungs Fußball spielte. Sie zündete sich eine Zigarette an. Chayeks Augen wollten sie bezwingen.

Dass sie mit ihm gevögelt hatte, war ihr erst in einem viel späteren Stadium aufgegangen, obwohl sie seinerzeit schon feste Ansichten zum Thema fortschrittlicher Musik und freiem Sex hatte. Sie vermied es beharrlich, ihn in die Liste der Verflossenen aufzunehmen. Man musste nicht alles sagen. Wer konnte denn ahnen, dass dieser Vorfall ihr ewig anhaften würde. All das, was dort geschehen war, in seinem Zimmer, nach ein paar Zügen am Joint, am ersten

Todestag ihres Vaters, all das, was ihr schon übel aufstieß, wenn sie bloß daran dachte. Jackie Galais Räuspern drang aus dem Mikrofon.

Der Geruch von Haut auf der Milch ließ ihn an sie denken, der Geruch eines frischen Butterbrötchens, der Geruch von Jafits Gesichtsmilch, der Geruch von Erdbeeren mit Schlagsahne, von Hefekuchen, von schaumigem Reisbrei. »Eins, eins, eins«, testete Galai zum letzten Mal das Mikrofon. Der Klang gefiel ihm. »Liebe Einwohner«, kein Mensch hörte hin. »Ähemm, ähemm, ähemm«, versuchte er Aufmerksamkeit zu erheischen. »Du weißt doch, dass er sich hat scheiden lassen«, bemerkte lächelnd Milly Peckelmann, geborene Revivi, die in der Wohnsiedlung geboren war und sich in der Oberschule vorausschauend einen Sprössling der Familie Peckelmann, Eigentümer einer führenden Blechdosenfabrik, geangelt hatte. Sie bekam immer noch etwas schwer Luft, nach der fünften Niederkunft vor acht Monaten. Sie war zwar wieder schlank wie zuvor, aber ihre Haut hatte sich noch nicht an die Wunderbrüste aus Silikon gewöhnt, die man ihr untergeschoben hatte. »Wann war die Scheidung?«, fragte leicht gelangweilt Millys schöne Freundin Ditti, die mit ihrer schlanken Figur, dem langen, glatten, blondsträhnig gefärbten Haar und den Silikonbrüsten als ihre Zwillingsschwester hätte durchgehen können. »Weiß nicht. Sicher vor einem halben Jahr. Ich wollte ihn eigentlich mit Judy bekannt machen, aber es heißt, er hätte keinen blanken Heller«, schwenkte Milly ihre ringlose Hand mit den sorgfältig in französischem Stil manikürten Fingernägeln. »Schade, er sieht nicht schlecht aus«, bedauerte Ditti, von der alle wussten, dass sie Schwarze liebte, und einige sogar behaupteten, sie liebe insbesondere John, den traumhaften Au-pair-Jungen, den ihr Mann von einer seiner Reisen aus Jamaika mitgebracht hatte. »Schade, aber …«, schloss Milly die Debatte.

Hilalis Gedanken schwebten durch jenes Zimmer, das er sich in dem alten ehemaligen Geräteschuppen seines Vaters auf dem Hof eingerichtet hatte. Ein Schuppen mit Dusche und Toilette, ein Beduinenteppich bedeckte den selbst gegossenen Betonboden, Puffs standen in zwei Ecken, ein Fischernetz baumelte von der Decke, eine Matratze lag auf dem Fußboden, und eine Nachtlampe spendete rotes Licht – Bordellbeleuchtung. Rosarot. Hilali entfernte sich einige Schritte von den Alteingesessenen. Seine Augen begleiteten sie unablässig. Ein charmanter Kellner reichte ihr eine Margarita. Sollte er doch glotzen. Es tut ihr gut, wenn er sie so mit den Augen verschlingt, schade, dass er sie nicht in dem neuen Slip sehen kann, richtig toll, ihre Beine, die wohlgeformt aus den verzierten Rändern ragen. Sie ist zwar keine dreizehn mehr, aber sie hat Lust, ihre Federn zu spreizen. Ihr Nadavi wird nächstes Jahr dreizehn. Er ist ein Kind, noch ganz Kind. Auch sie war noch ein richtiges Kind. Obwohl es nicht ganz zutrifft, es als Vergewaltigung zu bezeichnen. Sie könnte es tun, will es aber nicht. Das passt irgendwie nicht. Irgendwie. Also wirklich, wie kann man wohl vom Willen eines dreizehnjährigen Mädchens reden? Von ihrem Bedürfnis? In Afrika sind manche mit dreizehn schon Mutter. In Afrika, ich bitte dich …

»Dieses Jahr feiern wir, wie üblich, das offizielle Ende der Badesaison.« Jackie Galais unergründliche Sätze verwehten ihre Erinnerungen zu Millionen von Staubkörnern, die sich in einer Schicht guter und schlechter Erinnerungen an die Wohnsiedlung ablagerten.

»Dieses Jahr begehen wir das fünfzigjährige Jubiläum, und die Zahl der Anmeldungen ist um fünfzehn Prozent gestiegen, das heißt siebenhundertdreiundachtzig neue Mitglieder.« Jackie Galai hielt kurz inne, um die Zahlen wirken zu lassen. Kein Mensch hörte zu. Chayeks Augen verfolgten Hilali auf Schritt und Tritt. Genauer gesagt, wo sie stand und ihre wer-weiß-wievielte Zigarette auf dem Rasen ausdrückte. Danach dachte sie, man hätte sie sicher dabei beobachtet, und bückte sich, um alle Kippen um sie herum aufzulesen und in den Abfalleimer zu werfen, als sei das von Vornherein ihre Absicht gewesen. Sein Blick ruhte auf ihrem Hintern, der ihm reif und saftig in die Augen stach, eine Frau in gebückter Haltung. »Dieses Jahr haben wir besonderen Grund zum Feiern«, schnarrte Galai, »einen Grund, der uns, mit Gottes Hilfe, noch viele Jahre Freude machen wird. Endlich haben wir das größte Renovierungsprojekt seit Gründung des Zentrums glücklich und erfolgreich abgeschlossen.«

Chayek dachte an eine luxuriöse Suite, Seidenlaken, Champagner, Stellungen, Früchte ... Die Hand seiner Frau, kurz und breit und mit Ringen geschmückt, legte sich sanft auf seine Schulter. Hast du was getrunken? Hast du was gegessen?

12

Der Umstand, dass Chayek höchst energisch an Frau Gabrielis Tür klopfte, war einer turbulenten Nacht geschuldet. Turbulent will sagen – Bilder der Lust hinter geschlossenen Lidern, gestört durch die gleichmäßigen Atemzüge seiner Frau, die sich schlafend stellte. Er hatte nichts als gewaltsame Ficks im Kopf. Warum gewaltsam? Weiß der Teufel. Im Allgemeinen war Gewalt nicht sein Ding. Aber sie fiel aus dem Rahmen des Allgemeinen, in ihrem Fall reichte es nicht, zuzulangen und zu pflücken, man musste wehtun. Warum wehtun? Darum. So wollte es sein Herz.

Sarah Gabrieli stand an der Tür. Sie hatte schon Zeit gehabt, sich die Augenbrauen braun nachzuziehen, roten Lippenstift aufzutragen, ihre etwas welke Haut mit einer fettig glänzenden Creme einzureiben. Sie trug einen geblümten Morgenrock, aus dessen Ausschnitt schmale, geschlängelte Unterrockträger in zartem Elfenbein hervorlugten. Den schlanken, schlaffen Hals zierte eine dünne Goldkette.

Sie bat ihn herein, bot ihm Tee an. Schien nicht überrascht zu sein. Alle wissen, wozu die Braut unter den Hochzeitsbaldachin tritt. Das heißt, sie hatte ihn erwartet. Hatte damit gerechnet, dass er früher oder später auf ihrer Schwelle stehen würde. Schließlich wusste sie trotz ihres hohen Alters, dass es das letzte noch unverkaufte Haus in der Straße war. Das glühende Flackern in ihren Augen verriet, dass er sich nicht groß anzustrengen brauchte. Das Geschäft würde zustande kommen. Das glühende Flackern in seinen Augen beruhte auf einem anderen Grund, der in seiner Fantasie auf einen stürmischen Fick hinauslaufen sollte, einen ganzen Höhenzug von Ficks. Er hatte in Sarah Gabrielis Grundstück zu viel Zeit und Überlegung investiert, um das Geschäft dann nicht perfekt zu machen.

Der Tee kam in Gläsern, die in verschnörkelten silbernen Haltern steckten. In die Mitte des Tisches mit dem geblümten und karierten Tischtuch stellte Sarah Gabrieli ein Glasschälchen mit mürben Keksen und eines mit hausgemachter Wollmispelmarmelade, legte kleine Silbermesser dazu. Selbst der Morgenrock passte zu diesem kleinen russischen Frühstück. Während er ihr erneut aufzählte, was sie selbst schon wusste und sich zigmal aufgesagt hatte – die ungeheuer schwierige Instandhaltung dieser Häuser, die in den Notjahren nach der Staatsgründung gebaut worden waren und heute zerbröselten, die astronomischen Wasserrechnungen, die horrende Grundsteuer, dann das Problem der persönlichen Sicherheit, die Wachgesellschaften und die geschlossenen Mauern, die trotzdem nicht sicher gegen Einbruch schützten, und die aufgesägten Schlösser und die Angst, nicht nur vor Einbrechern, die Angst … –, während dieser ganzen Litanei kam sie mit ihren Kalkulationen zu dem Schluss, zweieinhalb Millionen zu verlangen (das letzte in der Straße, sehr gefragt, ein relativ großes Grundstück, ruhige Lage). Sie nahm an, er würde zwei Millionen Dollar bieten, und man würde sich irgendwo in der Mitte treffen.

Chayek bot zwei Millionen Dollar im Namen seines Klienten. Sie erwiderte mit einem verschmitzten Lächeln, entblößte dabei mit Lippenstift verschmierte Zähne, die ihn an eine alte Hure erinnerten. Dann sagte sie in leisem und resolutem Ton: »Zweieinhalb!« Viel Wasser war den Jarkon hinabgeflossen seit den Zeiten Victor Hugos und der zerfledderten Ausgabe von *Die Elenden,* die sie einst zu jeder Freistunde unter dem Arm mitgeschleppt hatte, als sie in ihrer Eigenschaft als Bibelkundelehrerin und Rektorin der Grundschule und vor allem als hochgeehrte Pädagogin noch darauf bestand, jede ausgefallene Lehrerin zu vertreten. Immer höchst gefühlvoll dasselbe Kapitel: Jean Valjean stiehlt ein Stück Brot und wird von den Gendarmen erwischt.

Der Wollmispelgeschmack verbreitete sich in seinem Mund. Ein Geschmack von früher. Alles atmete den Hauch von einst, sogar die Spinnweben in den Ecken und die Vasen und das Sofa, das sehr gutem altem Geschmack entsprach. »Die Wollmispeln stammen aus meinem Garten«, prahlte Sarah Gabrieli lächelnd, ohne zu wissen, dass er diesen Japanischen Mispelbaum bestens in Erinnerung hatte, seinen schmalen, dürren, kratzigen Stamm, der zu brechen drohte, als er sich wie ein Affe vor Hilalis Fenster daran emporhangelte, um zu sehen, wie ihre kleine Schlampe, die er gerade erst den Tag zuvor gebumst hatte, auf dem Bauch lag, ein Buch las und ihn anlächelte, ein geblümtes Tuch um den Hals. Ein Tropfen Wollmispelmarmelade hing ihm am Kinn.

»Tausende von Schülern, Gabi«, seufzte Sarah, »Tausende von Schülern …« Und nur damit er ein winziges bisschen von der pädagogischen Bürde erfasste, die sie geschultert hatte, von der Aufgabe, die man nie niederlegen konnte, der einer Lehrerin in Israel, fragte sie ihn mit spitzbübischem Lächeln, ob er noch male, nur damit er merkte, dass sie sich an alle erinnerte, dass es kein Kind gab, das sie nicht ins Herz geschlossen hätte, auch wenn es aus dem nahen Einwandererviertel stammte, in das man die Bewohner des Übergangslagers eingewiesen hatte, auch wenn es ein rotznasiger Lausebengel war.

Gabi lächelte. Er hatte noch nie gemalt. »In den letzten Jahren weniger«, antwortete er. »Keine Zeit. Zu viel Arbeit.«

»Was machen die Kinder?«, fragte er beiläufig, häufte einen anständigen Teelöffel voll Wollmispelmarmelade auf den wer-weiß-wievielten Keks. Sarah reichte ihm eilig eine Serviette. Die Kinder seien versorgt. Gidi sei in Amerika, sehr erfolgreich, lehre an der Universität Berkeley, wo Mischehen üblich seien. Seine Frau sei Koreanerin. Amerikanerin natürlich, und sie hätten zwei wunderbare Kinder, einen Jungen und ein Mädchen, schlitzäugig, aber dermaßen nett und wohlerzogen. Gidi habe als Kind auch wie ein Chinese ausgesehen, hatte glattes Haar und schräg stehende Augen, aber das Herz tue einem weh, wenn man bedenke, wie weit weg er sei. Ihre Hilali wohne noch in ihrer Nähe, habe eine Wohnung im Nachbarviertel, arbeite viel, gestalte Häuser und Wohnungen und beteilige sich an der Ausschreibung für die Altentagesstätte in Ramat Aviv. Als Sarah »beteiligt sich« sagte, wusste sie, dass daraus nichts werden würde. Hilali habe einen Sohn, Einzelkind, ein sensibler und ganz besonderer Junge. Hilali sei, wie immer, das sprühende Leben.

Psch, psch, sprühte ihm das Wort im Kopf. Sarah ging an das Keksglas, das auf der marmornen Arbeitsfläche stehen geblieben war, und fischte eine großzügige Menge heraus. Sein Blut geriet in Wallung, er zerkaute einen Keks. Nein, was hatte er Lust, sie zu bumsen … Gut, dass sie mit Geld was anzufangen wusste und nie genug davon bekommen konnte. Er würde schon was für sie springen lassen: eine Tasche von Louis Vuitton, eine Cartier-Uhr, ein neues Auto. Seine Kreditkarte würde etliche Male herhalten müssen.

13

An der Universität Tel Aviv fand ein weiterer Jahreskongress über Nahostfragen statt. Gidi kam mit voller Spesenerstattung ins Land, und da er in seinem alten Zimmer, bei seiner Mutter wohnte, sparte er die Übernachtungskosten und verdiente an einer einzigen Tagungswoche über siebenhundert Dollar. Kein Pappenstiel. Aber verglichen mit den Dollarbeträgen, die seit seiner Ankunft im Haus kursierten – zwei Millionen, zweieinhalb Millionen, zwei Millionen zweihundertfünfzigtausend, auf die man sich nach Einschätzung seiner Mutter wohl letzten Endes einigen würde, und sogar verglichen mit einem Drittel davon –, wirkte alles kleinkariert. Aber trotzdem und gerade angesichts der Summen, die in der Essecke fielen – seine Koffer waren noch nicht ausgepackt, er erholte sich von den elf Flugstunden und der Tour mit einem Taxifahrer, der ihn mit Gewalt in eine politische Debatte verwickeln wollte, um, wie er hoffte, von dem Emigranten auf Heimaturlaub die ihm lieblich klingende Tirade der Rechtsgerichteten zu hören, süßen Scheiß, wie einst von dem ermordeten radikalen Transfer-Ideologen Rechavam Seevi, stattdessen jedoch entdecken musste, dass er es mit einem widerlichen linken Emigranten zu tun hatte –, gerade angesichts dieser Summen, die seine Mutter ihm schon bei transatlantischen Telefongesprächen an den Kopf geworfen hatte, lange bevor das Geld auf seinem Konto eingehen würde, hatte er beschlossen, sein Leben deswegen nicht umzustellen.

Gidi ließ, zugegebenermaßen, nicht nur aus Geldmangel Sparsamkeit walten. Er hatte die prinzipielle sittliche Genügsamkeit derer, die nicht viel Trara um sich machen, die bescheiden leben. Als Kind hatte er sein Taschengeld und den Lohn für Gelegenheitsarbeiten gespart und sich alles vom eigenen Geld gekauft. Hilali dagegen war gut im Nehmen. Wer nichts annehmen kann, ist immer der größte Geizhals. Nichts annehmen können ist die schlimmste Art der Knauserigkeit.

In den Vereinigten Staaten gibt es das nicht, sein Konto überziehen. Es wird einem schlichtweg geschlossen. Er redet Sian natürlich nicht in ihre Entscheidungen hinein, aber sie weiß sich zu zügeln. Außer in den Fällen, wenn sie es nicht fertig bringt, ausgerechnet in den knappsten Monaten, und er ruft wirklich nicht gern seine Mutter an, um sie zu bitten, ihm ein bisschen Geld zu schicken und darauf als Antwort zu hören, man sollte lieber versuchen, sich nach der Decke zu strecken, um dann zwei, drei Tage später auf der Bank festzustellen, dass die Überweisung doppelt so hoch wie erbeten ausgefallen ist, und all das, weil Sian plötzlich – gerade nachdem Gidi sie gebeten hatte, sich nur diesen laufenden Monat ein wenig zurückzuhalten – unbedingt ein Paar Sandalen für fünfhundert Dollar kaufen musste oder ein Kleid, das zu tragen sie niemals Gelegenheit haben würde. Es ist nicht das Geld, es ist ihr Trotz, der nervt. Er verdient unablässig Geld, und sie ist ständig am Ersticken, hält sich zurück, bis sie einfach nicht mehr kann. Die kleine Sian brennt vor Schuldgefühlen. Was bleibt ihr da anderes übrig, als sich aufs Bett zu werfen, alles hervorzusprudeln, zu toben, bis ihm keine große Wahl mehr bleibt – was kann er denn schon tun? Nichts, als sie zu unterwerfen, und kaum ist sie erobert, laufen bei ihnen die besten Ficks ab, Pauken und Trompeten und Lutschen und beschämtes Dankeschön, und das gefällt ihm, obwohl er nicht ganz sicher ist, ob Sian versteht, dass das alles ein Spiel ist.

Im geräumigen Vorraum des großen Saals, in dem der Kongress stattfand, tuschelten einige Soldaten von der Nachrichtendienstabteilung mit dem Mann, der bis vor ein paar Jahren deren Leiter gewesen war. Sein Anzug ließ erkennen, dass er sich bestens in die Geschäftswelt eingefunden hatte. Gidi betrat den Saal in Begleitung seines Jugendfreundes, Professor Schaike Aloni, der es zum ordentlichen Professor gebracht hatte. »Schau dir diese Scheißkerle an …«, sagte er ohne weiteren Kommentar, und die beiden fixierten die Leute, die den ehemaligen Militärgeheimdienstchef umringten und jetzt den Saal ansteuerten, allesamt völlig einig in der Ansicht, dass die Verantwortlichen, das heißt die politische Ebene, zur Rechenschaft gezogen werden müsse.

»Sieh dir diese Scheißkerle an, sieh bloß«, wiederholte er und stieß Schaike den spitzen Ellbogen in die Rippen. Schaike wirkte besorgt. Gidi stutzte einen Moment: Vielleicht gehörte Schaike mit dazu? Es war viel Wasser den Jarkon hinabgeflossen, seit er von der Universität entlassen worden war, oder wie die Universität es so hübsch formuliert hatte: seit die ihm zugedachte Stelle weggekürzt worden war. Viel Wasser. Ein ganzes Meer.

Der Diskussionsleiter verkündete vom Podium herab einen bahnbrechenden, geradezu revolutionären Gedanken, der die Anwesenden jedoch irgendwie nicht vom Hocker zu reißen vermochte. Schaike, der neben ihm saß, wurde mit Glückwünschen und Lobesworten für sein neues Buch überhäuft, das doch sage und schreibe bei der Princeton University Press erschienen war. Er lächelte nach allen Seiten. Gidi gab sich dem nervenden Gebrummel ringsum hin und ließ später, als sein Geist abwanderte, die Augen über den Zuhörerkreis schweifen. Ziemlich viele Studentinnen, eine Tatsache, die ihn überraschte und in dem hässlichen Gedanken endete: Siehe da, die Frauen greifen auch hier nach der Vorherrschaft.

Den Kopf in die Hände gestützt, lauschten dem enthusiastischen Vorsitzenden hohe Militärs, Orientalisten, zwei oder drei Knessetabgeordnete, jetzige und ehemalige Generaldirektoren des Verteidigungsministeriums und Generäle der Reserve. Einige Gesichter kannte er aus der Wohnsiedlung oder aus den Zeitungen von vor einigen Jahren. Er hatte gelernt, ihnen Achtung entgegenzubringen. Seit

Rabins Ermordung konnte er ihnen nicht mehr so böse sein wie früher. Warum? Einfach so. Genauso wie er sich eine CD mit Naomi Shemers Übersetzungen von Brassens-Chansons gekauft hatte.

Einer nach dem anderen traten die Referenten auf, einige redeten länger, andere kürzer. Ihre Schritte hatten etwas Federndes, Vitales, als hegten sie keinerlei Zweifel daran, dass sie gesund waren, alles lösbar war und ihre Idee jetzt gleich, noch in diesem Jahr, den Zerfalls- und Versteppungsprozess aufhalten und den Ruinen neues Leben einhauchen werde. Hätte er das mit den Ruinen näher erklären sollen, wäre er daran wohl gescheitert, aber das Gefühl, dass der Träger schon tot war und der Parasit sich aus seiner Leiche ernährte, betrübte Gidi, ekelte ihn an.

Um elf Uhr wurde eine Pause angesagt. Auf dem Weg nach draußen drückte Schaike noch mehr Hände, lächelte noch mehr Menschen zu. Ein Buch, das bei der Princeton University Press erscheint, ist keine Kleinigkeit. Gidi konnte es sich nicht verkneifen, Schaike noch mal ins behaarte Ohr zu flüstern: »Schau dir diese Scheißkerle an, schau bloß«, und hätte man ihn aufgefordert, genau zu erklären, was er mit dem Wort »Scheißkerle« sagen wollte, hätte er wohl passen müssen. Aber das Gefühl, dass sie Scheißkerle waren, verklumpte sich mit all den anderen Gefühlen schließlich zu einem sauren Kloß im Hals.

Schaike legte ihm die Hand auf die Schulter. »Keine Scheißkerle, Gidi. Die Menschen müssen sich ernähren.«

Nimm die Pfote runter, hätte er ihn gern angeschrien, ließ es aber sein. Er gab einen gehäuften Teelöffel schwarzen Kaffee in seine Tasse, ohne Zucker. Bitter und schlecht, so mochte er es. Er beruhigte sich. Der Kloß saß noch fest. Die Vorträge gingen zu Ende. Am Nachmittag verließen die beiden gemeinsam das Gebäude. Schaike zog eine Fernbedienung aus der Hosentasche und öffnete damit die Verriegelung eines neuen blauen Honda Accord.

14

In Frau Gabrielis Haus waren die Vorbereitungen auf dem Höhepunkt. Nadav und Hilali halfen – sie bei einem letzten Erwärmen der Speisen, er beim Tischdecken. Liebliche Abendessensdüfte entstiegen den Töpfen: nach Hühnersuppe, Braten, Reis. Ein Apfelkuchen kühlte auf der Arbeitsfläche ab, das Kompott hatte im Kühlschrank über Nacht sein Aroma angereichert. Ein Abendessen im Familienkreis, Sarah und Gidi und Hilali und Nadav. Schade, sagte Sarah seufzend zu Hilali, zu schade, dass Gidi Sian und die Kinder nicht mitgebracht hat. Nadav malte mit dem Finger einen Totenkopf an die beschlagene Fensterscheibe.

Herbst. Staubstürme, Wind und Wolken und alle paar Tage mal staubiger Regen. Alles war hässlich in dem Stau, in dem er steckte. Hässlich und eng. Dunst und Dunkelheit rangen miteinander. Die Fahrerin des Wagens neben ihm, in der rechten Autokolonne, war hässlich. Ihr rot gefärbtes Haar bildete einen wenig schmeichelhaften Rahmen für ihr spitzes, wächsernes, blankes Gesicht. Manchmal war sie ihm ein Stück voraus, dann holte er sie wieder ein. Seine Frau, Amerika, die Kinder – alles war fern, verschwommen, nicht wirklich sein. Und er saß hier fest, inmitten der bitteren und vertrauten Hässlichkeit, und der störende Kloß saß ihm immer noch in der Kehle.

Vor zwei Jahren waren sie hier alle zuletzt auf Besuch gewesen, zum Sederabend, er mit seiner Frau Sian und den Kindern. Es war kein großes Vergnügen gewesen. Sian hatte ihnen zu koreanisch ausgesehen, um auch nur als normale Goja durchzugehen. Seine Cousine Nurit und ihre Mutter Riva, die dieses Jahr das Zeitliche gesegnet hatte, erkundigten sich leise bei ihm, ob seine Kinder nicht, zumindest nach dem Judentum, als Bastarde gälten. Nein, hatte er ihr erwidert, nach dem Judentum würden sie gar nicht als Juden gelten. Gut, dass Vater tot und begraben ist, war der Tante Riva entsetzt herausgerutscht.

Die große Frage lautete im Grunde, ob sein Vater so gestorben war, wie er es getan hatte, weil er schon damals, 1977, mitten bei einem Tennisspiel, voraussah, wohin all das abgleiten würde. Der feste Kloß, der ihm noch vom Kongress in der Kehle saß, drohte seinen Hals zu sprengen. Er musste schreien. Musste es einfach. Was könnte es schon schaden, wenn er jetzt, im Auto, einen schwachen Schrei probieren würde? Die Fenster waren geschlossen. Er versuchte es. Schrie kurz und leise, etwas zwischen Seufzer und Protestäußerung, stieß dann einen zweiten und einen dritten Schrei aus, bis er schließlich die Fenster öffnete und einen guten, langen losließ.

Die Frau zu seiner Rechten, die mit dem Wachsgesicht, blickte ihn an, überlegte, ob sie aussteigen sollte. Das war anscheinend ein Mordsschrei gewesen, einer, der durch Mark und Bein ging, denn auch andere Fahrer starrten ihn verdattert an. Er lächelte, hob entschuldigend die Hände. Sie lächelte zurück, ließ die Fensterscheibe herunter und sagte: Schreien tut gut. Sicher ist Ihnen jetzt etwas leichter ums Herz.

Der Wein und das Essen taten ihre segensreiche Wirkung, das heißt, sie flickten für die paar Besuchstage das rissige Netz der zerfallenden Familie. Gidi legte neue Bilder von den Kindern auf den Tisch und las Nadav einen Brief vor, den Dean und Alexandra ihm gemeinsam geschrieben hatten, sie mit gedrängten kleinen Buchstaben, er in der unbeholfenen Handschrift eines Schulanfängers. Nadav war seinen fernen kleinen Verwandten nicht wirklich verbunden, freute sich aber über ihre Existenz, denn wenn er fliehen müsste, könnte er bei ihnen landen. Vorerst versuchte er, sich für den neuesten Gameboy zu begeistern, den er bekommen hatte.

Dann wurde das Geschirr gespült und alles an seinen Platz geräumt. Nadavi schlief vor dem Fernseher ein, und Sarah machte Gidis Bett in seinem ehemaligen Zimmer. Gidi ging mit Hilali auf eine nächtliche Zigarette in den Garten. Er rauchte kaum, vielleicht eine pro Woche, die er seinem Zimmergenossen in Berkeley abschnorrte, einem Syrer, der ein netter Kerl war, Experte für die Dichtung der vorislamischen Periode, der Dschahalija, speziell für das Motiv der Ruinen in der Wüste. Sie rauchten eine Zigarette, Schwester und Bruder, die sich durchaus mochten, aber einander nicht viel zu sagen hatten. Nadavi hob kurz schläfrig den Kopf und witterte durch seine traumbefangenen Lider das großmütterliche Haus, das genau auf halbem Weg zur Schule stand und jeden Mittag haargenau dasselbe Menü für ihn bereithielt: Püree, Schnitzel und ein Glas Milch, »denn warum Wasser trinken, wenn man Wasser mit Vitaminen und Kalzium trinken kann, steht klipp und klar im Traktatus Omama«, als ob das auch beim tausendsten Mal lustig wäre.

Nadavi ließ den Kopf sinken, verfiel in ruhigen Schlaf.

Gidi füllte sich die Lungen mit Nikotin. »Na was, das Haus wird verkauft?«, fragte er, als könnte man noch einen Rückzieher machen. Hilali stimmte mit Mutter überein:

Wenn Chayek zwei Millionen geboten und Mutter zweieinhalb verlangt hatte, würde man sich vermutlich in der Mitte treffen. Gidi dachte an sein Drittel.

Hilali blies den Rauch aus, Gidi zündete eine weitere Zigarette an. Die Häuser der Straße verblassten nach und nach in ein fernes Kindheitsbild. Ein paar einheitliche einstöckige Häuser mit Garten ringsum, vor dem Haus ein Dienstwagen im Schatten der Hecke. Leergrundstücke, Fußball, Obstbäume im Garten, in der Ferne ein Wasserturm aus Beton, Felder und Zitrushaine und Erdbeerbeete bis ins Unendliche und Grün, so weit das Auge reichte, bis hin zur grünen Grenze, östlich von Kfar Saba, die vom Dach der alten Fabrik auf der Anhöhe gut zu sehen war.

15

»Das Leben fließt in seinen eigenen Bahnen«, hatte Gabi Chayeks Vater seinem Sohn ein irakisches Sprichwort übersetzt. Offen für Interpretationen, nicht unbedingt negativ. Eindeutig besagte dieses Sprichwort nur, dass das Leben stärker als alles andere ist. Und genau das glaubte Gabi Chayek auch. »Hab kein Mitleid mit den Lebenden, hab Mitleid mit den Toten, weil sie tot sind«, hatte ihn sein Vater auf Irakisch gelehrt. Irakisch machte ihm den Mund wässrig nach Kubbe, der Kubbe seiner Mutter, extra scharf.

Als Erstes fuhr ein Bulldozer vor, um das Haus der Schwebels abzureißen, es dem Erdboden gleichzumachen. Drei Schaufelbagger hievten den Bauschutt in große Behälter. Das Grundstück wurde eingeebnet, abgesehen von der Kompostieranlage. Die wurde tief ausgebaggert, die entstandene Grube zur Geruchsvermeidung mit Meersand zugeschüttet. Danach hob man die Baugrube aus, verlegte Baueisen, goss eine Betonschicht. Der Unterbau kam zum Abschluss. Man zog Wände aus Stahlbeton hoch, baute einen Keller für künftige Nutzungen, einen Fitnessraum, der auf einen nierenförmigen Pool hinausging, zur Sonne eines glasklaren Morgens. Doch trotz der immensen Bemühungen, die man investierte, stank die Kompostgrube jeden Nachmittag wie gehabt.

Aus dem Felsgestein seiner Seelenpein brach Jafit Liebe. Lange schlaflose Nächte lagen sie nebeneinander im Bett, fern und wach. Duftende Körpercreme, ihre zarte, glatte Haut, die liebenden Hände, die seinen massigen Kopf streichelten und ihn, kurzgeschoren und schrundig, an ihren freigiebigen warmen Schoß legten – all das ebnete, auf den Wegen des Fleisches, die Bahn des besorgten Schwanzes in die geneigte Pussy seiner angetrauten Frau. Er begehrte verzweifelt nach einer anderen, tröstete sich jedoch zwischen schweren, vollen Schenkeln, in denen versinkend man Ruhe findet, eingelullt inmitten großer Brüste, fleischiger Hinterbacken, üppiger Rundungen. Und er versank in ihr und fand Ruhe – bei seiner rechtmäßigen Ehefrau, frei aller Verhütungsmittel, die, nach ihrer sexuellen Erregung zu urteilen, gerade ihren wohlberechneten Eisprung hatte.

16

Gidi verbrachte die Tage geruhsam. Obwohl er hier zu Hause war, fühlte er sich wie auf Urlaub von seinem normalen Leben, für eine Weile wieder als der große Bruder, dem Mutter und Schwester besorgt an den Lippen hängen. Doch diesmal, schien ihm, waren sie nicht besorgt, berieten sich nur der Form halber mit ihm. Für sie war er schon nicht mehr da.

Die letzten Stunden Heimaturlaub. Staubiges grau-violettes Licht. Ein herbstlicher Sonnenuntergang, Lichtstreifen fielen auf gedrängte Buchrücken im Regal, auf afrikanische Holzfiguren, die sein Vater von seinen Reisen im Dienst der Luftwaffe mitgebracht hatte, als er selbstständig gewordenen afrikanischen Staaten beim Aufbau ihrer Luftwaffe Hilfe leistete, auf polnische Vasen, ein Erbe seiner Großmutter mütterlicherseits, von der auch die Stillleben an den Wänden stammten, den silbernen Chanukkaleuchter und ein kleines Werk von Aharon Giladi, das er gern behalten würde, so ein Sentiment aus alter Zeit.

Gidi drehte eine letzte Runde durch die Zimmer, um sicherzugehen, dass er nichts vergessen hatte, ehe er alles zumachte und hier wegfuhr. Es juckte ihn, etwas mitzunehmen, juckte ihn in den Fingern, etwas unerlaubt zu nehmen, sagen wir, das Olivenholzkästchen aus der Kunstakademie Bezalel mit einer Kupfergravur des Rachelgrabes oder den silbernen Brieföffner oder eine antike römische Münze inmitten einer kleinen schwarzen Marmortafel, an deren Seite eine persönliche Widmung für seinen Vater eingraviert war: *Mit Hochachtung vom italienischen Staatspräsidenten*. Einen Gegenstand wollte er haben. Einen wertvollen Gegenstand, der alle Aromen dieses Hauses in sich vereinte, dieses sittlichen, festgefügten, bescheiden tuenden, apologetischen, idealistischen, moralischen, beschissenen, arroganten, kalten Hauses. Einen Gegenstand, den er auf seinen Arbeitstisch stellen könnte, einen, der allein durch sein heimliches Vorhandensein die alten Bilder und ihre zarte Melodie heraufbeschwören könnte, eine lebendige Erinnerung, die das Herz mit süßem Gefühl überflutet, und so entstände ein dünnes Band von den Großeltern zu den Eltern und weiter zu den Enkeln … Und schon ist er auf dem Heimweg, zu den fernen Räumen, die ganz anders still sind, völlig darauf abgestellt, ihm sein akademisches Fortkommen dort zu ebnen. Der brennende Kamin, der gebohnerte Holzboden, die Bibliothek, in der Sian jeden Tag der Reihe nach ein Bord abstaubt, seine süße kleine Frau, die Kinder … Seine Hände konnten Sians zarte kleine Füße nachformen, die er abends vorm Fernseher massiert, und sein Gaumen sehnte sich nach einem guten Steak mit Salat, nach der angenehmen Routine, die seine Frau aus feinen Seidenfäden für ihn wob, und nur irgendeinen Gegenstand aus diesem Haus brauchte er noch – sagen wir, das Tintenfass in Löwenform, das Mutters Vater, der Sohn eines reichen Forstmanns, als Andenken aus Weißrussland mitgenommen hatte. Und schwupp wurde das Tintenfass, das vom Vater auf die Tochter übergegangen war, vom Enkel tief in seinem schwarzen Koffer verstaut.

17

Gidi saß mit Mutter und Schwester am großen Esstisch und überlegte, warum er bei dem Treffen dabeihocken musste. Es fragte ihn ja ohnehin kein Mensch nach seiner Meinung. Hätten sie ihn gefragt, wäre er dagegen gewesen. Entschieden dagegen. Aber ihre Augen bezeugten, dass es zu spät war. Hilalis Augen glühten. Sarahs Augen wirkten erloschen. Sie saßen zu dritt am Tisch, warteten auf Chayek. Sollten sie doch machen, was sie wollten. Er persönlich hatte sich bereits losgelöst. In seinem Koffer ruhte das Tintenfass seines Großvaters. Ein Stück geballter Erinnerung.

Gabi Chayeks schnelle und resolute Schritte kamen von draußen, auf dem Pfad, aus dem das Unkraut lugte, dann die zwei Stufen hoch zur breiten Veranda.

Reste eines Herbstregens hingen in der Luft. Gabi Chayek klopfte an die Tür, da es ihm übertrieben erschien, die Klingel zu betätigen. Beim Eintreten brachte er den Geruch der Kompostieranlage mit herein. Gidi nieste. Eine letzte Faser riss.

Aber Hilali verharrte noch einen Moment an der Tür. Ihre Augen ruhten auf dem silbrigen Mercedes Sportwagen, einem Bruder des furchteinflößenden schwarzen und des grünen Landrovers, mit dem er die Baustellen abfuhr. Sie betrachtete den Mercedes, der im kalten Licht des Mondes glänzte, und sog einen Hauch würziger Luft ein.

Gabi Chayek setzte sich in die Essecke. Hilali nahm ihm die teure, weiche Lederjacke ab. Seine Adleraugen entführten sie weit weg. Und wieder sah sie im Geist den silbrigen Mercedes draußen im kristallenen Licht schimmern. Dazu gesellten sich die sportliche Breitling an seinem Handgelenk, das feine, weiche Wollhemd und die Kraft des muskulösen Körpers, der viermal die Woche im Fitnessstudio unter den prüfenden Augen eines Privattrainers trainierte. Manchmal kam der Privattrainer danach noch mit auf einen nächtlichen Drink in irgendeine schummrige Pick-up-Bar. Die tiefen Geheimratsecken in seinem schwarzen Haar würden sich bald zu einer Glatze vereinen. Das würde unerträglich hässlich sein, überlegte Hilali. Sie betrachtete den Füllfederhalter, der aus seiner Hemdtasche lugte, seine gesunden weißen Zähne, die sich liebend gern von den schlanken Fingern der klitzekleinen Zahntechnikerin berühren ließen, die nebenbei bemerkt auch ein hervorragender Fick war.

Seine Stimme klang tiefer als sonst, fand sie. Als hätte er für die Begegnung mit Gidi übertriebenes Charisma aufgeboten. Langsam und detailliert unterbreitete er den Anwesenden sein Angebot. Erbarmen hatte er keines mit ihnen. Warum sollte er? Diesmal nannte er den Namen des vorgesehenen Käufers – Doron Se'evi, ein Sohn der Wohnsiedlung, der sich in der Kommandoeinheit des Generalstabs ebenso bewährt hatte, wie er es jetzt im familieneigenen Diamantenhandel tat.

»Sehr schön«, brummte Gidi, aber Chayek fühlte sich nicht zum Trösten bemüßigt. Gidi fühlte sich beraubt. Es gab diese Typen, die es überall schafften, hier wie dort, sowohl als auch, und für die anderen blieb rein gar nichts übrig, nicht mal ihr Haus. Chayek wartete ab, bis er sich wieder fing. Gidi dämmerte, dass das Haus nicht mehr da sein würde, auch nicht sein altes Zimmer, und dass er nie mehr würde heimkehren können, in dieses Haus. Doch trotz des aufkommenden Schmerzes im Innern verspürte er Erleichterung. Er bedauerte, dass er keine Traurigkeit empfand, aber sein Haus war schon dort, bei seiner kleinen Sian und seinen Kindern. Was »das Haus« gewesen war, würde für den täglichen Kleinkram draufgehen – für Bankschulden, Rente, Auto, was auf die hohe Kante für die Kinder. Fertig. Was einige Minuten später für zwei Millionen zweihundertfünfzigtausend Dollar abgeschlossen wurde, prasselte ihm wie ein Münzenregen auf den Kopf. Man wechselte einen Händedruck. Hilali wollte drauf anstoßen.

Gidi ging ein allerletztes Mal durch die Zimmer. Seine Augen prägten sich das Innere des Hauses ein, das nicht mehr da sein würde, sein Zimmer mit dem massiven Schreibtisch, an dessen Seitenwänden derbe Worte eingeritzt standen. Er hatte Lust, noch etwas mitgehen zu lassen, nahm einen silbernen Granatapfel mit eingelegten Halbedelsteinen vom Bord.

Das Bündel löst sich. Gidi muss zum Flughafen, Hilali fährt ihn hin. Sarah bleibt zu Hause. Allein. Und Josef, was sagt der? Josef beruhigt sie. Legt ihr den Flügel auf die Schulter. Komm, ruft er sie, komm. Und sie möchte gehen, aber noch ein bisschen. Komm, diese Stimme, die ihr Gänsehaut macht, wird immer süßer, und sie meint, kindliche Leichtigkeit herauszuhören. Komm. Ihr schwindelt der Kopf, wenn Josef da in Tennisshorts herumschwirrt. Pass auf mit dem Kronleuchter!

Nein, er wird ihr nicht verraten, dass ihr Sohn kleptoman ist. Ein leichter Luftzug erschüttert die Lampe, ein Lichtblinken. Von seinem Ort breitet Josef breite weiße Schwingen über sie.

Vierter Teil

VON LEICHT BIS SCHWIERIG

18

Aus dem Nebenzimmer dringen Nadavis Atemzüge. Schnarchend. Angestrengt. Hilali steht auf und stellt einen Luftbefeuchter auf seinen kindlichen Schreibtisch. Scharfer Eukalyptusgeruch wabert durchs Zimmer, mischt sich mit ihrem Duft – grüner Tee, Waldbeeren. Es läuft nichts zum Abhängen vor der Glotze. Siebenhundertfünfzigtausend Dollar – was bringt das im Jahr an Zinsen? Sagen wir mal, fünf Prozent. Verteilt auf zwölf Monate, zuzüglich ihrer unregelmäßigen Arbeitseinkünfte – man kann sagen, sie ist wirtschaftlich unabhängig. Etabliert. Steht auf eigenen Füßen. Was heißt steht? Sie lebt in Wohlstand! Siebenhundertfünfzigtausend Dollar werden ihr jetzt auf der Bank ticken, vier, fünf, sechs, sieben Prozent Zinsen abwerfen. Das Kapital selbst wird sie nicht angreifen. Vielleicht wäre es zur Gewinnmaximierung besser, zwei Wohnungen in Tel Aviv zu kaufen.

Sie steigt ins Bett, hätte selbst Lust umzuziehen. Vielleicht nach Jerusalem? In die deutsche Kolonie dort? Auf den alten Karmel in Haifa? Die Höhenlage wäre auch gut für Nadavi. Er absolviert dieses Jahr die sechste Klasse, kommt nächstes Schuljahr für die Mittelstufe also ohnehin auf eine neue Schule. Oder vielleicht würden sie nach Tel Aviv reinziehen, wie Eddie es mal wollte?

Hilali schläft nicht ein. Ist nicht müde genug. Denkt an ihn, an Chayek, der zwar nicht schön ist, aber ein Mann. Ein echter Mann. Ein Stich in die Haut. Sie kratzt sich. Ein neues Lebensgefühl im Leib. Ihr Leben ändert sich, genau jetzt, von diesem Zeitpunkt an. Siebenhunderttausend Dollar! Die Alarmanlage eines Autos schrillt, schwillt auf und ab. Mindestens fünf Prozent Zinsen … Sie löscht das Licht. Gut, dass sie heute Nachmittag die Wäsche abgenommen hat. Staubpartikel von draußen reizen ihre Nasenlöcher. Sie niest. Es tut gut, laut zu niesen, wie ein Mann, allein im Bett. Ihr Körper hat sich von allein zur Embryonenstellung zusammengerollt, und gerade in dieser Schneckenhaltung wächst ihr Verlangen nach Berührung, Ausbreitung, der Wunsch, sich diagonal auszustrecken, einen halben Meter länger zu werden. Aber der Körper verharrt in seiner Stellung. Zusammengerollt.

Ihr kommen Bilder von einem alten arabischen Haus, hohe Zimmerdecken, Gewölbe und Bogen, eine Arbeitsecke, ein Riesenzimmer für Nadavi, ein ganz anderes Leben. Mindestens eine halbe Million.

Sie schließt die Augen. Das Licht brannte im Wohnzimmer, in den anderen Zimmern, im Flur. Die letzten Kondolenzbesucher, die gekommen waren, um Sarah Gabrieli den ersten Todestag zu erleichtern, waren gegangen. Gidi und sie hatten alle Teller und Tassen und die Kuchenreste abgeräumt. Mutter beugte sich über den Mülleimer, um sicherzugehen, dass Gott behüte keine der versilberten kleinen Kuchengabeln, die sie von ihrer Mutter geerbt hatte, im Abfall gelandet waren. Gidi spülte, sie trocknete ab und räumte ein, das heißt in die beiden Schrankfächer, die für das festliche Kaffeeservice reserviert waren. Danach fuhr Gidi nach Jerusalem, wo ihm am nächsten Morgen eine wichtige Prüfung bevorstand. Sarah ging schlafen. Das Licht in ihrem Zimmer erlosch. Kein Mensch merkte, dass sie leise, leise hinausschlüpfte auf die Straße. Kein Mensch bemerkte sie, als sie um vier Uhr morgens, als ein anderer Mensch, zurückkehrte.

Und nehmen wir sogar mal an, sie hätte sich nicht von Eddie scheiden lassen, und es hatte ja eigentlich keinen richtigen Grund dafür gegeben, dann würden sie jetzt ihre Erbschaften zusammenlegen, und mit ihren siebenhunderttausend und dem, was seine Eltern ihm hinterlassen hatten, und mit der Wohnung – mit alldem könnten sie eine Villa hier in der Gegend oder Gidis Anteil am Haus kaufen, und vielleicht würden sie noch weitere Kinder bekommen. Wer weiß.

19

Dunst draußen. Dunkelheit. Der Wind wirbelte Staubwolken auf. Sarah Gabrieli schloss Fenster und Läden, ging ins Bett. Mitternacht. Sie war nicht müde. Im Fernsehen lief nichts Gescheites. Es war angenehm in dem langen Nachthemd zwischen den Laken, denen aus Flanell, die schon die dünne Sommerbettwäsche ersetzt hatten. Sie schaltete das alte Transistorradio ein. Gespräche mit Hörern im zweiten Programm der Stimme Israels. Dann, am Ende einer kurzen Nachrichtensendung, empfahl die Sprecherin Senioren, Kindern, Schwangeren, Herzkranken und Patienten mit Erkrankungen der Atemwege bis zum Mittag im Haus zu bleiben. Wer draußen nichts zu suchen hatte, sollte lieber daheimbleiben. Was hatten Alte, Frauen, Kinder, Herzkranke und Asthmatiker auch auf der Straße zu suchen? Man sollte sich lieber in Acht nehmen, andere Menschen nicht auf Gedanken bringen, die Menschen waren heutzutage nicht wohlgesinnt. Sie zog sich die Decke bis ans Kinn hoch, wie sie es gern tat. Die Nachtlampe ließ die wirbelnden Staubpartikel gelb leuchten. »So soll ihre Blüte wie Staub aufgewirbelt werden«, kam es Sarah in den Sinn, die schließlich mal Bibelkundelehrerin gewesen war. Draußen hörte man eine Sirene heulen, die Alarmanlage eines fernen Autos.

Eine Autosirene und noch eine. Gestörte Stille. Im Schutz des Dunstes wurden in jener Nacht im gesamten Wohnviertel über zwanzig Autos gestohlen.

20

Hilalis Tage verliefen häufig zwischen zwei Polen: dem wachsenden Minus auf dem Konto und den siebenhunderttausend Dollar in Aussicht. Die Miesen auf dem Konto waren keine Folge von Verschwendung, sondern des Umstands, dass Bedürfnisse und Einkünfte einfach nicht unter einen Hut zu bringen sind. Und ihr wurde zunehmend angst und bange, wenn sie vor Augen hatte, wie alles dahinging, verschleudert wurde, und nur um ihre schwindende Erbschaft zu retten, kalkulierte sie unwillkürlich erneut Soll- und Habenzinsen und Monatseinkommen und Anlageformen und Aktienportfolios und Risikoverteilung, fügte diesen ganzen Daten manchmal, nur zum Spaß, noch acht Millionen Schekel aus dem Hauptgewinn im Lotto zu, zog fünfundzwanzig Prozent für die Steuer auf Geldpreise ab, wonach zu dem ursprünglichen Kapital noch die hübsche Summe von sechs Millionen kam, doch sobald sie blinzelnd wieder nüchtern wurde, hielt sie nur noch die löchrige, ausgefranste Decke ihres erwarteten Erbteils in Händen, das, wie man es auch betrachtete, vorne und hinten nicht reichte, und darunter kroch eine neue Angst hervor – das Alter. Und nicht von ungefähr kam dort die Greisin mit dem weißen Knoten und den runden Brillengläsern zum Vorschein, die bis vor Kurzem höchstens eine philosophische Möglichkeit, ein Mummenschanz gewesen war. Nicht umsonst setzte sie sich in ihrer besorgten, gepeinigten Seele fest und belastete ihre Kalkulationen mit Tausenden von Schekeln für Zahnbehandlungen und zwei neue Gleitsichtbrillen.

Vor der Sache mit den siebenhunderttausend Dollar hatte Hilali nicht so viel Geld gebraucht, nicht langfristig bis zum Zahnfleischschwund gedacht. Das Leben war von Tag zu Tag seinen Lauf gegangen. Doch nun mühte sie an den langen Abenden ihre Augen mit dem Kleingedruckten diverser Krankenzusatzversicherungen, die man ihr gehäuft zuschickte. Ihr wurde nahegelegt, sich für den Fall einer Bauchspeicheldrüsenkrebserkrankung oder einer dringend erforderlichen Lebertransplantation abzusichern. Früher hatte sie arglos gedacht, an diesen Dingen sterbe man, aber jetzt war sie sich nicht mehr so sicher. Sie war eine junge und jung denkende Frau gewesen, die gelegentlich eher hormonell begründete Depressionen hatte und sich Sorgen wegen des überzogenen Kontos und des damit zu erwartenden Anrufs des Bankdirektors machte, der aber selber wusste, dass ihre Mutter sehr bald das Haus verkaufen würde und sich daher alles mit saftigen Zinsen regeln ließe.

Auf der Kommode stand ein Foto von Nadavi, im Alter von fünf Jahren, bildhübsch mit seiner Lockenpracht. Die Locken hatte er von Eddie, auch die Augen und die Lippen und die Zähne, auch die Persönlichkeit, und plötzlich schwamm sie in warmen Gefühlen für ihren früheren Mann Eddie, und sie dachte, wenn sie noch verheiratet wären, hätte sie vielleicht nicht solche Angst, und dieser Gedanke bewirkte bei ihr ein altvertrautes, sicheres und elendes Erstickungsgefühl. Sie warf noch einen verstohlenen Blick auf das Foto und kuschelte sich in Eddies Federdecke, die er ihr bei der Trennung überlassen hatte, damit ihr nicht kalt würde.

Eddie und Nadavi meinen, sie kämen ohne sie zurecht. Das scheint ihnen nur so, ohne sie sind sie verloren. Dann dachte sie: Wer weiß? Nichts ist endgültig. Und danach überlegte sie, dass sie aufstehen musste, wenn sie um sechs Uhr früh ihren Kaffee trinken wollte, mit der ersten Zigarette des Tages, bevor Nadavi aufwachte. Man konnte nicht wissen, wie er drauf sein würde, lieb wie ein freundliches Menschenjunges oder böse und weinerlich.

Manchmal ist es ihr egal. Manchmal sagt sie sich bei dem besagten Morgenkaffee mit Zigarette, bevor alle aufwachen, am wichtigsten sei die Bezugsgruppe. Warum es so sehen, wenn man doch Mick Jagger, Marianne Faithfull und Neil Young anschauen kann, oder Schimon Peres … Und ganz entgegen ihrem Willen versetzte ausgerechnet Schimon Peres sie wieder in das Bild traurigen, jüdischen Alterns, wie das der Alten in der Wohnsiedlung, die bald nicht mehr unter uns weilen, sondern einer nach dem anderen wegsterben werden, sei es im eigenen Haus oder hinter den Mauern des betreuten Wohnens, in der geschlossenen Anstalt oder im Pflegeheim.

21

Um Viertel vor sieben weckte sie Nadavi das erste Mal. Sanft und lieb, mit Streicheln und Küssen, wollte sie ihn an den Gedanken gewöhnen, dass er bald aufstehen musste und dass ein neuer Tag anbrach. Um sieben Uhr weckte sie ihn überfröhlich zum zweiten und letzten Mal, echt nervend. Sie machte ihm Toast mit Quark und Tomaten und Schokotrunk und zwei Schokoladenbrote für die Schule. Und während sie noch werkelte, trugen die nachts gesäten Berechnungen reiche Blüte in Form von Zinssätzen – vier, fünf, sechs Prozent. Taufrisch sprossen auch berufliche Ambitionen – Büro, Partner, Sekretärin.

So mäanderten ihre morgendlichen Gedanken, und Hilali zockelte um halb acht langsam im üblichen Morgenstau zur Schule, in ihrem Golf, Baujahr 1998, mit der Beule am linken hinteren Kotflügel, umwuselt von allen Alfas und Daimlers und Jaguars der Welt, an deren Steuer erfolgreiche Männer saßen, die Millionen verdienten, für ihre Familien sorgten und nun am Morgen das Kind schnell zur Schule fuhren. Meist hatten sie drei oder vier Sprösslinge, zuweilen teils aus der vorigen, teils aus der jetzigen Ehe. Ihre Frauen zu Hause waren aller Sorgen ledig, hatten den Kopf voll mit Albernheiten: Wo soll man dieses Jahr die Kindergeburtstage feiern? In der Bowlinghalle und bei den Weltraumspielen sind alle schon gewesen. Und welchen homöopathischen Arzt soll man aufsuchen, nachdem Dr. Golans Stern gesunken ist, da er bei Schalhevet Grossmanns Tochter eine schwere Lungenentzündung nicht erkannt hat? Einer nach dem anderen glitten sie vorüber, die gut aussehenden Männer in italienischen Anzügen, mit selbstsicherer Miene. Rechtsanwälte, Geschäftsleute, Unternehmer fädelten sich souverän und mühelos in die Lücke ein, die ein abbiegender Wagen hinterlassen hatte, und hopp, schon hatten sie die Kinder in der Haltebucht abgesetzt und fuhren weiter zu ihren klimatisierten Büros, um Geld zu machen, sich ein bisschen zu verwöhnen. Keiner würde bezweifeln, dass sie sich einen anständigen Oralverkehr verdient hatten.

Hilalis Herz flog den jungen Müttern zu, die gerade nach einer Schwangerschaft schon vor der nächsten standen. Sie gondelten dahin in überdimensionalen Jeeps voll mit Kindersitzen und Babyschalen, in eng anliegenden Trainingsanzügen – der Frau, der das stand, schmeichelte es sehr, den anderen ganz und gar nicht. Dasselbe galt für blond gefärbtes Haar aller Tönungen. Eingepfercht in ihre Geländewagen, die mit Antennen und GPS-Empfängern ausgerüstet waren, gelang es ihnen nach nervösem Manövrieren gerade eben, schräg in der Haltebucht am Gehsteig einzuparken, die zum Absetzen der Kinder vorgesehen war. Hier und da legten sie einen Pfosten um, ballerten Stoßstange an Stoßstange, gerieten sogar mal in einen heftigen Wortwechsel mit Schreien und Kreischen. Die Kinder hüpften mit ihren schweren Schulranzen aus dem Wagen, konnten sich nur mit Mühe auf ihren dünnen Beinen fangen, torkelten unter ihrer schweren Last, entflohen dem Morgengetümmel hinter das schwere Eisentor.

Hilali griff zärtlich nach hinten zu ihrem Nadavi, der langsam zu sich kam, fasste ihm sanft in die langen braunen Locken. »Du Hübscher«, wallte mütterlicher Stolz in ihr auf, »du bist was Besonderes.« Sie waren sich einig. Sie kurvte mit ihrem alten Golf zur Haltebucht, schickte ihn lächelnd in den Unterricht, mit einem Schulterklopfen, einem Kuss.

Sie umrundete den Platz und fuhr rasch weiter zu einem Arbeitstermin in die Stadt, fühlte sich wohl in ihrer Haut, beneidete niemanden und würde mit keinem tauschen, sich nicht ändern und weder kaufen noch verkaufen, und nur zur Rechenübung – fünf Prozent Jahreszinsen … zehntausend Schekel pro Monat … jeden Monat, den Gott werden lässt … Nacheinander überholten sie ein paar Land Cruiser und Hummer und ein Landrover als Nachhut, von denen einige noch Spuren des Familienausfluges am Wochenende in Form von verkrusteten Schlammspritzern trugen. Rasante Touren. Männer bretterten, Frauen brüllten, saßen hinten mit den Kleinen, klebriger Saft schwappte über, Reifen versanken im losen Staub, mittendrin übergab sich jemand. Wer Verstand besaß, schleifte auch die Filipina mit. Zur Sicherheit.

Aus der Zufahrtsstraße zum Sportzentrum kam, silbrig und affig, sein Mercedes, Gabi Chayek versperrte ihr grinsend den Weg, und dann, mit noch spitzbübischerem Lächeln, trat er aufs Gaspedal und rauschte davon. Hilali strich sich über das dicke braune Haar, zog ihre dünne Bluse zurecht, richtete sich im Sitz auf, straff und angespannt.

22

Unter der heißen Dusche zum Abschluss einer Serie kalter und heißer Güsse, wie er sie liebte, wie sein Körper sie nach einem Morgentraining brauchte, huschten Gabi Chayek allerlei Vorgehensweisen durch den Kopf, von einem geilen und kraftmeierischen »ich will dich«, so poetisch wie ein Pornofilm, bis zu einem eher geschäftsmäßigen Vortasten. Vielleicht sollte er sagen, er wolle den Kreis schließen? Dieser Vorstoß gäbe ihm die Gelegenheit, ein gemütliches Treffen in einem Café zu vereinbaren, bei dem alles überraschend aufkommen und erblühen und auf einen einzigen wilden und stürmischen Fick hinauslaufen könnte, oder wer weiß, vielleicht auf viele Ficks …

Das Bild ihres zuckenden Leibes und ihrer Brüste und ihrer Fältchen und ihrer blauen Venen erfüllte ihn ganz und gar, all seine Körperteile, die die morgendlichen Verrichtungen eines Mannes seines Alters und seines Standes und seiner Lage unterwegs zu seinem Büro irgendwie meisterten. In seinem Geist entfalteten sich Zukunftsaussichten gleich einem bunten Fächer von Stellungen. Mit ganzer Seele und all seinem Vermögen wollte er sie ficken, und deshalb wohl war er überrascht, als er eine Stunde später auf den Anrufbeantworter verwiesen wurde. Unvorbereitet und aufgeregt brachte er nur heraus: »Was hältst du davon, dass wir uns auf einen Kaffee treffen?« Nicht wer, nicht was, nicht wann, nicht wo, ein Satz in der Schwebe.

Unterdessen saß sie in einem Tel Aviver Café mit einem Jüngelchen, einem Enkel, der ein Gebäude in der Rothschild-Allee geerbt hatte und es nun in ein kompaktes, aber tolles Apartmenthotel verwandeln wollte. Viele billige Kacheln, Blumenkübel. Seit ihrem ersten Treffen mit ihm, ein paar Wochen zuvor, waren die Rastazöpfe der Schere zum Opfer gefallen und die Scharwals korrekten Hosen gewichen. Ein Diplomatenkoffer, ein teurer Montblanc und ein selbstgefälliges Lächeln komplettierten den neuen Look, und nur ein plumper Silberring am rechten kleinen Finger erinnerte noch an frühere Zeiten. Zweifellos himmelte er sie an, dieser glückliche Enkel, versuchte deutlich zu demonstrieren, dass hier eine reife Innenarchitektin mit einem jungen Erben plänkelte, und wer weiß, vielleicht könnte er sich zwischen Vergnügen und Honorarzahlung auch noch ein paar Schekel ersparen. Deshalb und schlicht aus Leidenschaft ließ er alle paar Sätze durchblicken, dass ungeachtet der fünfzehn Jahre Altersunterschied gerade er ihr all das bieten könnte, was sie wirklich brauchte.

Hilali spürte ihren Körper in Spannung geraten, presste die Knie zusammen. Auch sie hatte das Gefühl, es funke bei ihnen, rühre zwar nicht an die Herzen, schmeichle aber dem Ego, und sie hatte sich schon ein- oder zweimal dazu hinreißen lassen, mit neckischem Lächeln und gegen seinen lautstarken Protest ein paar Witze über ihr würdiges Alter zu reißen. Ein Schauer lief ihr die Wirbelsäule hoch, ihr Körper wurde schmiegsam und erregt.

Am Nachmittag regnete es draußen. Monoton. Langweilig. Nadavi saß in seinem Zimmer, spielte verbissen gegen den Computer. Im Haus brannten matte Lichter. In der Küche hing Hühnerbratenduft, und Hilali erwog, für sich und ihren einzigen Sohn Pfannkuchen zu machen, zum Abendessen vorm Fernseher. Eine wohlige Heimkehr in die Wärme der Wohnung, die wie das ganze Haus Zentralheizung hatte. Erst mal machte sie sich einen Kaffee, nahm einen Aschenbecher zur Hand und rüstete sich für die nächste halbe Stunde, die sie sich für ein ungestörtes Gespräch freigenommen hatte, für eine genüssliche, geile Unterhaltung bei einer Zigarette und einer Tasse Kaffee.

Ihre Stimme klang samtig und warm, fast rauchig. Gabi Chayeks Ton hörte man an, dass er beschäftigt war. Da saß sie nun mit Kaffee und Zigarette, die Pause war gegenstandslos geworden. Gedanken darüber, was er um diese Uhrzeit wohl treiben mochte, schlugen ihr aufs Gemüt. Plötzlich wollte sie dringend wissen: Welche Immobilie kam jetzt an die Reihe? Wer war nun dran? Und vielleicht war seine Frau anwesend? All das nagte an den Fantasien, die sich auf und davon machten. *»Fantasia, Fantasia«,* warnte ihre Mutter, wann immer sie glaubte, es sei was im Busch, versuchte ihrer Stimme dabei einen möglichst arabischen Klang zu verleihen. Doch ihre Leidenschaft flackerte wieder auf, als er nach zwanzig Minuten, die sie mit düsteren Überlegungen, fadem Kaffee und zwei Zigaretten verbracht hatte, zurückrief. Und er sah im Geiste ihre langen weiblichen Beine hoch erhoben, die Falten eines rosa Seidenunterrocks bis über einen entblößten Nippel hochgeschoben. Aber seine Stimme klang sachlich, er wollte sich im Vorgespräch keine Blöße geben.

Er schlug vor, einen Termin zu vereinbaren. Hörte sich derart geschäftsmäßig an, dass sie einen Moment dachte, sie hätten vielleicht nicht dasselbe im Sinn. Nachdem sie sich Uhrzeit und Ort auf einen Zettel notiert hatte – zehn Uhr morgens in einem Einkaufszentrum auf freiem Feld, nicht sehr weit weg, aber etwas abgelegen –, begriff sie, dass für ihn alles offen war, das heißt, er zog alle Möglichkeiten in Betracht, von leicht bis schwierig.

23

Um zehn nach zehn betrat sie das Café. Sie sah viel besser aus, als er gedacht hatte: in einem kurzen Wollmantel, der beim Ablegen ein olivgrünes Wollkleid zum Vorschein brachte, und hochhackigen schwarzen Stiefeln. Er blickte in ihre blitzenden braunen Augen und meinte, Funken darin sprühen zu sehen. Er senkte den Blick. Konzentrierte sich auf ihre Hand, die faszinierend schön aus dem Ärmel ragte, eine Geschichte erzählte mit ihren langen Fingern, die in abgerundeten Nägeln endeten, am kleinen Finger steckte ein schmaler Ring. Eine Hand, die zupackt, streichelt, mit leichtem Finger über erschauernde Haut flattert. Aber diese Hand war nicht mehr die Hand jenes jungen Mädchens. Die leichte Enttäuschung, die sie sofort registrierte – nein, dumm war sie nicht –, versetzte sie in die Wirklichkeit mit ihren Mängeln und Fehlern zurück. Und einen Moment, nur einen kurzen Augenblick, hätte sie alles gegeben, um wieder dreizehn zu sein, in weißem Trägerhemd und superknappen Jeansshorts, nur um noch einmal zu spüren, was damals zerrissen war, einen Schritt zurückzutun zu dem Augenblick vorher.

Ihr Blick sackte ebenfalls auf ihre Hand, die sich sofort zur Faust ballte, und ihre gesenkten Augen, die langen Wimpern rührten ihn ans Herz. Eine Frau von dreiundvierzig Jahren, die sich schämt. Genau das veranlasste ihn, seine Hand um ihre zu schließen, ihr Wärme zu spenden, sie zu beruhigen. Der Wille brauchte nicht lange, um Fleisch zu werden.

Er betrat die Empfangshalle, regelte das Finanzielle und bestellte in spendabler Laune auch Sekt und Obst aufs Zimmer. Sie wartete im Wagen, in ihrem klapprigen Golf mit der defekten Heizung. Nadavi würde um Viertel nach zwei aus der Schule kommen und hatte einen Schlüssel, überlegte sie. Notfalls müsste er eine Viertelstunde auf sie warten, vielleicht schaffte sie es sogar noch vor ihm. Sie sah auf ihre Uhr. Es war elf. Er kam auf sie zu. Sie stieg aus. Das Knirschen ihrer Absätze auf dem feuchten Kies, ihre Schönheit, der Mantel, die schmale Taille, der Po – all das zog ihn zart in eine ferne Fantasie, abgeschottet vom Straßengewimmel, vom Lärm der Welt.

Sie rechnete: Wenn es jetzt elf Uhr war, wäre sie spätestens um Viertel nach eins im Haus, hätte dann vielleicht noch Zeit, um einzukaufen, Schnitzel fürs Mittagessen zu braten.

Vor ihnen stand ein Caravan, der aussah, als sei er eben erst aus einer Siedlung in den Gebieten abgezogen worden. Verträumt steckte er den Kartenschlüssel ein. Die Tür öffnete sich, offenbarte das Interieur eines Zimmers im Caravan: Resopal, Linoleum, ein luxuriöses, bezogenes Doppelbett. Sekunden später hörte man zögerndes Klopfen, und ein eleganter Edelstahlteewagen rollte herein, brachte eine überquellende Obstschale mit Trauben, Birnen, Litschi, Ananas, eine kalte Flasche Sekt im Silberkühler, zwei Kristallgläser, eine weiße Stoffserviette. Hilali blickte ein letztes Mal verstohlen auf die Uhr. Neun Minuten nach elf.

Ihre Lippen, mit dem gleichen braunen Lippenstift geschminkt, umschlossen den hauchdünnen Rand des Glases. Der kühle Sekt erreichte langsam ihre Zunge. Sie setzte sich aufs Bett, mochte nicht noch einmal auf die Uhr sehen, aber nach ihrer Schätzung war es schon zwanzig nach elf. Ihr blieben ungefähr zwei Stunden. Wenn sie hier um Viertel nach eins rauskäme, wäre sie um Viertel vor zwei zu Hause. Gut, sie hätte wenigstens etwas Zeit zum Aufräumen, bevor Nadavi einträfe. Sie zog die Stiefel aus, fischte eine Zigarette heraus – seit er das Rauchen aufgegeben hatte, hasste er Qualm. Sie nahm alles *easy,* den Sekt wie die schwarzen Plastikpaneele. Derbe Konturen ringsum: Nickelbeschläge, Dübel, Schrauben – ein Caravan für Fickende, der erheblich bessere Tage auf den Karsthügeln Samarias gekannt hatte.

»Man badet nicht zweimal im selben Fluss«, hörte sie sich sagen. Warum hatte sie das gesagt? Hatte sie. Nur so.

Damit er wissen sollte, dass sie seine dreckige Seele kannte, die sich in den dreißig Jahren nicht geändert hatte. Dass sie ihm keine Sekunde glaubte, dass sie wusste, dass er ein Schuft war, ein beschissener Maniac, und dass auch sie schon anders war. Anders als alles, was er sich vorstellen konnte.

Eine Kraft, stärker als sie, stellte das leere Glas auf den Nachtschrank, drückte die Zigarette aus, legte sich aufs Bett, schön, wie ein Stein, willenlos. Als warte sie auf den Augenblick, in dem dieser Körper von ihr abfiele und den ersten Körper darunter zum Vorschein brächte, den kleinen, schmalen, kindlichen von damals. Die Früchte rochen faulig.

»Na los, zieh dich aus, Hilali«, hörte sie seine Stimme eindringlich befehlen, aber sie vermochte nur wie ein Stein dazuliegen, langsam zu atmen, langsam und ruhig, während er sie entkleidete. Fest die Augen zuzudrücken, zu spüren wie seine kräftigen, sehnigen Pranken sie maßen und gewaltsam packten, wie sein kurzer, starker dunkler Körper sich an ihr rieb. Reibung erzeugt Wärme, wie eine Brandwunde. Sie überließ sich der süßen Möglichkeit, gleichzeitig zu wollen und nicht zu wollen. Sie wurde benebelt, ihr Becken ruckte selbsttätig unter seinem schweren, drückenden Leib. Alle Luft entwich ihren Lungen mit einem Seufzer der Entleerung und Sehnsucht, und er verliebte sich in sie, in die Frau unter sich, in ihren Körper, der nichts mit dem von damals zu tun hatte, dem Körper in Trägerhemd und superknappen Jeansshorts.

24

Mit der Wellenbewegung windbestrichener Ähren erhoben sich die Männer von ihren Matten, hatten sich erlaubt, die Dehnungsübungen etwas abzukürzen, auf ein paar sanfte Halsdrehungen zu verzichten. Alle hatten die Überschrift im Wirtschaftsteil des *Haaretz* gelesen, alle waren gleichermaßen aufgeregt. Wer weiß, vielleicht würde der Wind sich noch wenden, vielleicht geschähe ein Wunder und der Wirtschaftskommentator behielte recht mit seiner Voraussage, dass die israelische Gesellschaft vor einem dramatischen Wandel stehe.

Diese Hoffnung beseelte jenen Morgen Jehoschua Gat mit dem Gefühl, das letzte Wort sei also noch nicht gesprochen. Selbstgefällig schleuderte er seine Matte auf den Stapel, von neuem Mut erfüllt: Wer weiß, vielleicht würde der Ort hier noch zu seinen Lebzeiten zu den alten Wertvorstellungen zurückfinden. Gali, die junge Sportlehrerin, bemerkte im Vorbeigehen sein strahlendes Gesicht. »Es geht doch nichts über den Sport«, meinte sie lächelnd. Seine Augen ruhten auf ihrer entschwindenden Figur. Ein guter Kumpel, die Gali, sagte er sich im Stillen. Auch Schraga Livni, in der anderen Ecke des Raums, starrte ihr nach. Aaach, wäre er doch bloooß vierzig Jahre jünger …

Aus den Duschräumen, aus den Büros, vom kurzen Schwimmen oder Ausruhen strömten die Mitglieder der Sportgruppe zusammen, dreimal die Woche um neun Uhr in der kleinen Halle. Seit fast fünfundzwanzig Jahren trainierten sie gemeinsam, mehr oder weniger seit ihrer Verabschiedung aus der Truppe, vom Oberst aufwärts. Und nun, im wirklichen Ruhestand, nach einer zweiten, nicht weniger befriedigenden Karriere, erlaubten sie sich, hinterher noch beim Buffet zusammenzusitzen, ein gemütliches Debattierstündchen abzuhalten, alles beim Alten, die Welt war im Lot.

Oded Weiser, neununddreißig Jahre, Bewohner der Siedlung, in den letzten Jahren Broker an der amerikanischen Börse, verheiratet und fünffacher Vater, ist auf über vierzig Anzeigen hin, die sämtlich von Freunden und Nachbarn, ja sogar von den italienischen Verwandten seiner Frau bei der Polizeiabteilung für Wirtschaftskriminalität gegen ihn eingegangen sind, festgenommen worden. Weiser wird vorgeworfen, zwanzig Millionen Dollar, die ihm zwecks Anlage an der Wall Street übergeben worden waren, veruntreut zu haben. Eine hübsche Summe. Dafür hatte er ihnen *Zettalach* ausgehändigt, von denen er später nichts wissen wollte, alle mit seiner Unterschrift. Ein Betrag von zwanzig Millionen Dollar (manche sagen, das Doppelte) war nicht an der amerikanischen Börse investiert worden, um sich zu verdoppeln oder gar um ein paar Hundert Prozent anzuwachsen, sondern für einen Stammplatz im Restaurant Chimichanga, für Skiurlaube, eine riesige Villa, Autos, Wohltätigkeitsveranstaltungen verschiedener Hilfsorganisationen und Weltreisen mit Freunden draufgegangen.

Weiser selbst blieb in Haft. Hatte kein Geld mehr für eine Kaution. Weiser, berichteten die Wohlinformierten, hatte geschworen, alles bis auf den letzten Schekel zurückzuzahlen.

»*Zettalach*«, brüllte Schraga Livni von einer Ecke des Tisches zur anderen, »*Zettalach*«. Das randvolle Glas Karottensaft erbebte, drohte überzuschwappen, »*Zettalach,* mit seiner Unterschrift.« Da versteh einer, was Schraga Livni sagen wollte und warum er sich gerade an der Sache mit den *Zettalach* festbiss und nicht an der schweren Veruntreuung selbst. »Schildbürger! Denn, denn, denn …« Und ein Glück, dass Haggai Eres (Farjoun) die Diskussion schon zu diesem frühen Zeitpunkt in andere, interessantere Richtungen umzuleiten suchte: »So geht das mit Schwarzgeld.«

Irgendwie brachte diese erschöpfende Erklärung Schraga Livni erst recht zur Weißglut. »Schwarzgeld?! Hören deine Ohren, was dein Mund spricht?« Farjoun war Streit um des Streitens willen von Natur aus zuwider, und da es nicht um sein Geld ging, tauchte er sein Hörnchen in den Tee und schwieg. Die anderen waren verlegen: Für wen hielt er sich denn, dieser Schraga Livni, was fing er plötzlich an zu predigen? »Wie im Schtetl, *Zettalach* wie im Schtetl.« Schraga Livnis Gesicht verzog sich zu einer übertriebenen Grimasse des Ekels, als hätte man ihm eine verkackte Windel vorgelegt. »Schtetl, sage ich euch …«

»Mach mal halblang, Schraga«, suchte Jehoschua Gat ihn nach bestem Vermögen zu beruhigen, noch unter dem Einfluss von Galis kleiner, zarter Hand auf seinem Körper, die überschüssigen Druck von der Wirbelsäule ableitete, sanft eine gefährlich versteifte Schulter streichelte.

Matan Scharon signalisierte dem Mann am Buffet mit wedelnder Hand, dass er es war, der das gut gewürzte, dampfende Schakschouka mit feingeschnipseltem arabischem Salat bestellt hatte. »*A Schtickl Ganeff,* nicht mehr und nicht weniger«, sagte er, als die Dämpfe der roten Gemüsepfanne seine Poren bis in die kleinsten Fasern weiteten. Er wurde rot im Gesicht. Mit den starken Fingern seiner Riesenpranken tauchte er das Brot in die Soße und führte es mit genüsslichem Schmatzen zum weit aufgesperrten Mund.

Jehoschua verpackte seine Worte vorsorglich in tausend Einschränkungen, im Stil von »nach meiner bescheidenen Meinung«: Er stütze seine Aussagen auf innere Empfindungen, aber ihm scheine, wenn er das mal so zu sagen wagen dürfe, nun sei der Augenblick gekommen, in dem »das Volk nichts zu verlieren hat außer seiner Ketten«, und um jedem Zweifel vorzubeugen, betonte Jehoschua das Wort »Volk«, rückte es meilenweit von Stand und Klasse ab, von den »Verdammten dieser Erde«, vom Proletariat.

»Aha …«, Scharon hob die Augen vom Teller, »auf deine alten Tage bist du Kommunist geworden?« Gepfefferte rote Soße vermischt mit Eigelb rann ihm aus dem Mundwinkel. Dan Kahana reichte ihm eine Serviette. »Die Welt schreitet nicht zurück«, Scharon schluckte endlich seinen Bissen hinunter. »Es wird alles noch viel schlimmer werden, ehe es sich bessert … Und bis es besser wird«, und hier hoben sich seine Augen und fixierten die Tischgenossen, »wird es noch viel schlimmer kommen.«

Seine Finger umklammerten mit Macht den verbliebenen Brotkanten, wischten die Ei- und Soßenreste vom Teller. Die knusprige Kruste krachte leise.

Gabis Frau Jafit brauchte nicht erst die Zeitungsschlagzeilen. Ihr genügte es, Elsa Weiser, die Mutter der Familie, mit drei ihrer fünf Kinder in einem alten Renault Cleo kutschieren zu sehen. Die Villa wurde aufgegeben, der Wagenpark verschwand, die Kinder gingen nicht zur Schule, und sie war nicht sicher, wirklich nicht, aber das Gerücht besagte, er hätte irgendwo noch eine Frau, die er ebenfalls sehr großzügig ausgehalten habe. Fest stand jedenfalls, dass sie jetzt, da sie in den dritten Monat kam, Gabi endlich über ihre Schwangerschaft aufklären sollte.

Fünfter Teil

EIN LIEBESNEST

25

Ein Monat verging, und es blieb kaum noch etwas aufzuklären. Ein Bauch im vierten Monat bedarf keiner Kommentare. Hätte er seine Frau etwas häufiger angeschaut, wäre es ihm schon im zweiten Monat aufgefallen. Ihre Arme waren dicker, der Bauch runder, das Becken breiter geworden, man sah Ansätze eines Doppelkinns. Lilly, das philippinische Au-pair-Mädchen, dachte, bei diesem Tempo würde sie bald wie ein Elefant aussehen. Gabi kam mit sich überein, dass es beim gegenwärtigen Stand der Dinge am besten war, sie lebte ihr Leben und er seins, und in diesen Wochen sah sein Leben völlig anders aus.

Er kam mittags ins Büro, verließ es am Nachmittag, stank vor Ficks, war mit dem Kopf nicht bei den Geschäften, sondern ganz woanders. Es tat ihm gut, sich glühend mit ihr, mit ihnen beiden zu beschäftigen, nicht nur im Geist, sondern in handfesten Empfindungen, und noch dazu über seine Gefühle nachzudenken. Er dachte gern an sich, dachte gern an Liebe, stellte sich vor, sie würden auf eine griechische Insel entfliehen, alles hinter sich lassen.

Und eine Flut von Bildern überschwemmte sein Gehirn just in dem Augenblick, als Tiki ihm ein Gespräch von Frau Lichtmann durchstellen wollte. Wer zum Teufel war Frau Lichtmann? Und als er sich endlich an Herrn Glücks Tochter erinnerte, war das Gespräch schon unterbrochen, und er sah sich Hilali auf dem erstklassigen Holzboden des Spas vögeln. Dann war er mit ihr wieder in Griechenland, stand in der sanften Meeresbrise an Bord einer mittleren Jacht (sie sonnte sich auf einem Leinwandstuhl), und dort, auf dem Deck, bumste er sie dann. Trank Weißwein aus ihrer Pussy und aß Shrimps, und der Gedanke an ihren triefend nassen Körper lenkte seinen Finger zum Telefon, und als sie abnahm, sagte er: »Ich verzehr mich nach dir, meine liebe kleine Schlampe«, und sie lauschte, am ganzen Körper von Lustschaudern überlaufen, seinen Schilderungen von der griechischen Insel und der Jacht und den Shrimps aus der Pussy, und wie er sie auf dem Deck bumste. Und man kann nicht sagen, wie und warum, aber an einem Punkt überschritt er die Grenze. Ging zu weit. Vielleicht war es das Wort »bumsen«, vielleicht alles zusammen.

Ihr Körper beruhigte sich, ging auf Distanz. Er, der sie besser spürte als sich selbst, kam wieder zur Besinnung und sagte: »Ich hab nur angerufen, um dir zu sagen, dass ich dich liebe.«

Zwei Stunden später war er schon bei ihr im Bett. In Eile zwar, die Kompostgrube verbreitete schon ihren Duft, aber er hatte noch Zeit genug, sie hin und her in tausend verschiedene Richtungen zu biegen, ihren Rücken zu krümmen, sie zu wölben, ihre Beine zu heben, wie die Hunde zu stoßen. Er entleerte sie von allem, vergessen waren die Berechnungen von Prozenten und Jahreszinsen. Ihr Körper gehorchte ihm wie der Tiger dem Dompteur, wie ein Safe dem Ganoven, der den Code von Körper und Seele geknackt hat. Ganz entgegen ihrem Willen wollte sie ihn.

Die ersten Male fickten sie noch in Hotels. Ab und zu lud Hilali ihn nach Hause ein. Ab und zu musste Nadavi eine Stunde auf sie warten. Ab und zu gab es kein Mittagessen. Ab und zu nur eine improvisierte Mahlzeit. Das Arbeitszimmer lag verwaist. Auch wenn sie im Haus war, war sie mit dem Kopf woanders. Ging sie von Zimmer zu Zimmer, kam es Nadavi so vor, als würde sie nicht auftreten, sondern über den Boden schweben. Manchmal hatte er sie in Verdacht, eine Hexe zu sein, ein böses Hexlein von irgendwoher. Vielleicht war sie gar nicht seine richtige Mutter?

Deswegen ist er gern bei Großmutter. Bei ihr fühlt er sich wohler. Wenn er dort fernsieht, ist jemand da, der ihn verwöhnt. Sie spielen ihr idiotisches Geheimspiel: »Was nehmen wir mit und was nicht?« Und dann entscheiden sie, was in die neue Wohnung mitkommen soll. Nadavi hofft, dass die Vorbewohner, die gestorben sind, dort auf dem Hängeboden einen Goldschatz vergessen haben. So was soll schließlich vorkommen. Und dann würde er abhauen.

Großmutter beginnt das hebräische Alphabet aufzusagen, Nadavi stoppt sie beliebig, und dann suchen sie Gegenstände im Haus, deren Name mit dem jeweiligen Buchstaben beginnt, und entscheiden. Es gibt Buchstaben mit vielen Gegenständen, das M zum Beispiel: *Mekarer, Machschev, Mita, Madiach, Mechonat Kvissa* (Kühlschrank, Computer, Bett, Spülmaschine, Waschmaschine) … Und es gibt Buchstaben, mit denen kaum etwas anfängt, das H zum Beispiel, bei dem es nur den *Hadom* (Fußschemel) gibt, den Großmutter eigentlich *Taburete* nennt und dem Buchstaben T zurechnet. Großmutter besitzt zwei Tabureten, auf die man, obwohl es doch

Fußschemel sind, nicht die Füße legen darf, aber Nadavi darf es, wenn er die Schuhe auszieht und die Füße mit Wasser und Seife wäscht. Und Großmutter massiert ihm die Füße, als wäre er ein Eisbär am Nordpol.

Nadavi möchte, dass Großmutter die Tabureten mitnimmt, auch Großmutter mag sie gern. Kurz gesagt, die Tabureten kommen mit. Und Nadavi fühlt sich wohl bei Großmutter, heiter und sicher und warm, obwohl sie ihn wie ein kleines Kind behandelt.

Alle M fliegen raus: Der Kühlschrank ist zu groß, und Nadavi meint, in der neuen Wohnung wäre vielleicht auch kein Platz mehr für die großen Suppentöpfe und die riesige Kuchenform für Käsetorte mit Krümelboden. Waschmaschine, Spülmaschine, Wäschetrockner *(Mejabesch)* interessieren ihn alle nicht. Der Computer ist schon alt, aber Nadavi benutzt ihn. Großmutter verspricht ihm, einen neuen zu kaufen. Es ist ihm etwas unangenehm, das alte Haus allein zu lassen.

Der Erbe von der Rothschild-Allee sucht sie schon seit Tagen. »Wo warst du denn?«, bellt er sie an, als sie sich endlich bequemt, den Hörer abzunehmen. Von ihrem ersten Lachen an merkt er, dass sie anders ist. Was ist sie denn so selbstzufrieden. Und er tadelt sie erneut, schließlich ist er ihr Auftraggeber. Ihm scheine, sie hätte die Ausnahmegenehmigung für den Ausbau des Dachs noch nicht beantragt. »Wo bist du denn, Hilali?«, fragt er. »Jetzt bin ich ganz bei dir«, antwortet sie. Er weiß nicht recht, ob sie ihn hofiert oder sich über ihn lustig macht. »Hör mal, Hilali«, und plötzlich wird er ernst, »ich muss die Genehmigung unbedingt haben, sonst bewilligt mir die Bank keinen Kredit.«

Jeden Morgen schiebt sie die Antragstellung von Neuem auf. Die Mandelbäume, die in gleichmäßigen Abständen an der Jehoasch-Straße stehen, haben ausgeschlagen. Frühling draußen. Frühling drinnen. Halb acht im Stau, um neun Uhr wartet sie schon, frisch geduscht, quasi im Pyjama, als verbrächte sie ihre Tage mit schöngeistiger Lektüre im Bett, in Seidenslips und hauchdünnen Hemdchen oder einfach in einem lumpigen Shirt und Boxershorts, betont lässig gestylt. Nach den paar Malen in Hotels sind sie ganz dazu übergegangen, in ihrer Wohnung zu vögeln. Losgelöste Tage, als wären schon Hunderttausende Dollar auf ihrem Bankkonto gelandet, bongten dort monoton fünf, sechs, sieben Prozent Zinsen. Die Tage vergehen mit Ficks und Kaffee und der Zigarette danach, und obwohl er das Rauchen aufgegeben hat, schnorrt er hin und wieder eine Zigarette, auch wenn für ihn eigentlich nur Zigarren in Frage kommen. »Eine Zigarre stinkt viel mehr«, sagt sie und räkelt sich in ihrer schimmernden Nacktheit im Bett. Er steckt ihr einen brennenden Zigarrenstummel zwischen die Lippen, sie hustet ein bisschen, erinnert ihn an ein kleines Mädchen. Er schiebt ihr einen rein, während sie hustet, auf dem Höhepunkt der Krämpfe. Er liebt sie.

Frühling. Die Heckenkirsche verbreitet geradezu ekelhaft süßen Geruch. Die kühnsten Jugendlichen springen schon ins Schwimmbecken. Wolfsmilch bildet begierig giftigen Milchsaft. Auf Hilalis Balkon rankt eine blühende *Quisqualis indica* von der Nachbarwohnung herüber. Rosa, samtig weich, verquickt sich ihr Duft nachmittags mit dem Hauch der Kompostgrube, der vom Schwebel'schen Haus herüberweht – so nennen alle das vereinte Grundstück. Gabi weiß, dass er losmuss, raus aus dem weichen Bett, aus dem liederlichen Schlafzimmer ihrer liederlichen Wohnung, dem Liebesnest, und während er noch seine Hose zumacht, hat er schon wieder Sehnsucht nach ihr.

26

Als Erster bemerkte Nadavi die Veränderung. Schon lange, bevor andere tuschelten. Daheim ging es großzügig zu. Der Kühlschrank war voll mit guten Sachen: Wurst und Käse, frische Fruchtsäfte. Auf der Arbeitsfläche standen Crackerpackungen ausländischen Fabrikats, Kekse aus der sündhaft teuren Konditorei im Einkaufszentrum. Eine neue Kaffeemaschine war da, ein roter Mixer, ein gelber Staubsauger – alles, was sie haben wollte, was sie gern gekauft hätte, sich aber nicht erlaubt hatte, all das tauchte jetzt von irgendwoher auf, aus einer mysteriösen Quelle, einem Dukatenberg.

Bei der Rückkehr aus der Schule fand er sie verträumt, verwirrt, zerstreut und angespannt vor. Dann gibt es kein Mittagessen. Er stirbt vor Hunger, lässt sich notgedrungen auf eine Pita mit irgendwas ein. Alles fällt ihr aus den Händen. Dauernd sieht sie verstohlen in den Spiegel, bleibt manchmal minutenlang davor stehen, fasst ihr Haar zusammen und lässt es wieder offen fallen, prüft, wie es wäre, wenn sie die Lider nur ein ganz klein bisschen straffen würde. Ihm kommt sie chinesisch vor. Sie blickt ihn befremdet an, als wüsste sie nicht, wer dieser Junge ist, was er hier zu suchen hat. Er aß Pita und sehnte sich nach Schnitzeln. Den warmen Schnitzeln von früher, vor alldem jetzt, mit Püree, mit Mais, mit Reis und mit einem Salat nur aus Gurken.

Er kaute die Pita, und seine Augen füllten sich mit Tränen. Aus ihren Augen las er ab, dass das letzte Woche mit Absicht geschehen war, dass sie ihn gehört hatte, sehr gut sogar, aber die Tür nicht aufgemacht hatte, weil sie nicht aufmachen wollte, und nichts mit der Geschichte, sie hätte geschlafen und nichts gehört. Und insgeheim begann er sich zu fragen: Vielleicht war sie nicht seine richtige Mutter? Vielleicht hatte man sie ausgewechselt?

Der Schnittkäse klebte ihm zäh und fad am Gaumen. Er hatte gute Lust, die Pita auszuspeien, ihr alles ins Gesicht zu spucken. Die Tür war von innen abgeschlossen gewesen. Er konnte den Schlüssel nicht umdrehen. Es musste jemand zu Hause sein. Sie war drinnen, hörte ihn eine Stunde an der Klingel lehnen, vom Handy anrufen, bis sein Akku leer war, mit den Fäusten an die Tür ballern, bis ihm die Kraft ausging. Und nein, es war ihm nicht nur so vorgekommen, hinter der Tür war unterdrücktes Männerlachen zu hören gewesen. Und er hatte auch eindeutig Schritte näher kommen und sich wieder entfernen gehört. Hatte dann weiter mit den Fäusten geballert, bis ihm die Finger schmerzten.

»Mutter, mach auf, ich bin's«, hatte er im Treppenhaus gebrüllt. Er war sicher, dass sie es hörte, dass jemand da war, dass es mit Absicht geschah, dass sie wusste, dass er sie drinnen wusste. Dass er sie hasste, hasste, hasste. Wäre er reingekommen, hätte er einen kleinen Koffer gepackt und wäre für immer zu seinem Vater gezogen. Aber er konnte nicht rein, und sein Vater war überhaupt im Ausland, wie immer, wenn man ihn brauchte. Und er war die Treppen hinuntergestiegen, hatte nicht den Aufzug genommen, aus Furcht, sie könnte inzwischen die Tür aufmachen, vielleicht hatten sich Terroristen der Wohnung bemächtigt? Aber warum hatte er sie dann lachen gehört, sie und noch jemanden? Einsam, verlassen, ohne Zuhause, ein richtiges Straßenkind, verließ er den Vorgarten des Gebäudes, und sein Blick fiel auf Gabi Chayeks schwarzen Mercedes 600, der wie ein ohnmächtiges großes Tier auf dem Parkplatz lauerte, und er brauchte einen irrsinnigen Lauf bis zur Synagogengasse, um all die Tatsachen und Stimmen und Geräusche auf die Reihe zu bringen und zu erfassen, dass der Mann, der plötzlich in sein Leben eingedrungen war, der Mann, mit dem sie am Telefon über Liebe quatschte und stundenlange Berechnungen über Geld anstellte, wie viel eine Wohnung in Tel Aviv koste und was man an Miete bekäme, der Mann, der hinter der Tür gekichert hatte, und der Mann, der den schwarzen Mercedes fuhr, und der Mann, der seine Mutter fickte – ein und derselbe war.

Tausende von Möglichkeiten zerstoben in seinem Kopf zu Splittern. Er setzte sich auf die Eingangsstufen der Synagoge und berechnete nach der Uhr, die Vater ihm gekauft hatte, der Tieftaucheruhr, wie lange man warten musste. Wie lange dauerte so was? Im Sexualkundeunterricht kam das alles mit Dias, man kapierte gar nichts. Er würde eine Stunde warten. Nein, eine Stunde war wahnsinnig viel Zeit. Eine halbe Stunde genügte, jede Minute war eine ganze Runde des Sekundenzeigers, mal dreißig gerechnet, das reichte. Eine Sexualkundestunde dauerte ganze fünfundvierzig Minuten. Er riss ein saftiges Grasbüschel samt frischen Wurzeln aus, die ihn an den Geruch des Rettichs im Salat erinnerten. Er dachte sich mit Gewalt Schönes aus, wie er es gern tat, wenn alles Scheiße war. Ein leichter Wind wehte glitzernde Sandkörner herbei, eine milde Sonne streichelte ihm mit sanften Frühlingsstrahlen Haar und Ohren. Es wäre ja gar nicht schlecht, flüsterte ihm die liebkosende Sonne zu, wenn in seinem Zimmer urplötzlich ein tragbarer Computer mit Riesenbildschirm auftauchen würde. Nadavi verfing sich unversehens im Labyrinth der Möglichkeiten. Und wenn tatsächlich ganz plötzlich so ein Computer daständе … In dem Fall wäre er bereit, seine sämtlichen Gedanken auszutauschen, würde sich sogar gratis bereit erklären, mit Gabi Chayek eine Runde in dem schwarzen Mercedes zu drehen, oder in dem silbrigen, vielleicht sogar eine Runde im grünen Landrover durch die Erdbeer- und Karottenfelder und die Freiflächen, die die Wohnsiedlung von dem Militärstützpunkt und der Autobahn trennten.

Die Sonne schälte den Schmerz von ihm ab, er hatte es nicht mehr eilig. Seine geflügelten Gedanken trugen ihn zu dem Moment in vielen Jahren, wenn Gabi Chayek, prächtig mit Blumen und Purpursamt und Laserstrahlen in alle Richtungen, auf dem Totenbett liegen und mit versagender Stimme bitten würde, man möge Nadavi zu ihm rufen, der bis zu diesem Augenblick etwas abseits von den übrigen Familienangehörigen neben seiner Mutter gesessen hatte. Und dann würde er mit letztem Sterbenshauch verkünden, dass er Nadavi, und nur ihm, alles zu vererben gedenke. Nicht dass Nadavi was gedreht hätte, Gott behüte, er hatte kein einziges Wort gesagt, aber eine Minute vor seinem Tod hatte Gabi Chayek endlich eingesehen, dass allein sein Stiefsohn Nadavi würdig war, das Imperium zu leiten. Danach würde Chayek zu Goldstaub zerfallen und in der Luft verwehen, denn dann gäbe es keine Friedhöfe mehr auf Erden. Arme Leute zerfielen zu einfachem Staub, Reiche zu farbigem.

Am Anfang der Gasse hörte man Schraga Livni wütend nach seinem Hund Chetz pfeifen, der ihm auf den Fersen folgte. Nadavi hatte keine Lust zu erzählen, wie es seiner Mutter ging und was die Großmutter machte und wie es in der Schule war, und so stand er auf und verzog sich.

Langsam, langsam. Bloß keine Eile. Was sollte er nun mit seinem Vater anfangen? Der hatte keine Chance, gegen Gabi Chayek kam er nicht an. Er war nicht reich und nicht stark und rauchte zu viel. Sogar sein Vater müsste das einsehen. Nadavi verspürte am ganzen Leib Sehnsucht nach seinem Vater, dem Ärmsten, der mal Basketball gespielt hatte, obwohl er, wie Nadavi, erst spät in die Höhe geschossen war. Seinetwegen hatte Nadavi keine Angst, ein kleiner Wicht zu bleiben, er wusste, die Spätentwickler werden am größten. Verglichen mit Vater war Gabi Chayek ein Zwerg, eine Null. Eine absolute Null. Im Faustkampf konnte Vater ihn problemlos besiegen. Aber Vater mochte keine Schläge austeilen. Mutter liebte Vater, hatte es gern, wenn er ihr große Bilder von Nadavi in Schwarz-Weiß mitbrachte, die sie mit einer bunten Heftzwecke an die große Korkplatte in der Küche heftete. Ab und zu tauschte sie sie aus. In letzter Zeit vergaß sie das.

Nadavi ging schneller. Er wollte schon gern zu Hause sein, Mutter umarmen, durch die er auch seinen Vater spürte. Durch Vater konnte man manchmal auch Mutter spüren, und seine Schritte wurden zu Freudensprüngen, und das Springen ging in Rennen über, aber als er näher kam, verlangsamte er vorsichtshalber. Bis zum Haus würde er nicht auf die Fugen zwischen den Platten treten. Er sah gerade noch Chayek seinen Mercedes anlassen.

Wenn man die Finger in die tausend kleinen Taschen von Vaters Fotografenweste steckte, fühlte man alle möglichen Blenden und Linsen und Taschenmesser. Plötzlich hatte er keine Lust raufzugehen. Er schämte sich für die beiden. Setzte sich auf die Bank, die man in der Allee mit den jungen Bäumen aufgestellt hatte. Vater hatte ihm vor ein paar Monaten eine Wassermatratze gekauft, wozu Mutter bei sich unter keinen Umständen bereit war, weil das Ding platzen und das ganze Haus überfluten könnte. Seit er die Wassermatratze hatte, die so schön schaukelte, kam er bei seinem Vater leicht in den Schlaf, was ihn daran erinnerte, dass Mutter ein paar Tage für sich gewollt und Nadavi drei Nächte nacheinander bei seinem Vater hatte schlafen lassen. Vielleicht waren auch diese drei Nächte Lug und Trug gewesen? Hilali öffnete Nadavi frisch gewaschen die Tür. Oje, sie habe keine Zeit gehabt, Mittagessen zu machen. Nicht so schlimm, nicht wahr? Was also dann? … Pita mit Humus? Nein, Pita mit Schnittkäse und Tomate.

27

Frühling. Der große Kiefernhain inmitten der Wohnsiedlung ist mit verzahnten Platten Marke Ackerstein gepflastert worden. Schaukeln, Karussells, Skaterbahnen. Die Vögel sind in andere Gehölze abgeschwirrt. Geräte und Attraktionen allenthalben, grün leuchtet jedes Rasenfleckchen, da jubeln Kinder, Frauen und Babys. Hellblaue Schilder hängen an den Häusern, und kein Mensch bezweifelt, dass Newe Chanit Lebensqualität bietet.

Anfangs wurden die Laken noch abgezogen, Hand an Hand zusammengefaltet und in dicken Bündeln in die Wäscherei geschickt. Später gaben sie es auf, und er barg sein Gesicht in den zerknitterten, verschwitzten Betttüchern, die noch den Geruch der Ficks von gestern bewahrten, untersuchte die weißlichen Flecke, sah in ihnen sein Ebenbild, das sich im Bauch seiner Frau beispielsweise nicht widerspiegelte. Hier und da hegte er den nagenden Verdacht, dass die Dinge sich nach der Geburt ändern könnten. Bloß war ihm schleierhaft, wie das gehen sollte.

Trotz der Brechanfälle nimmt Jafit zu. Denn gerade nach dem Kotzen muss sie sich mit was Süßem verwöhnen, danach mit was Saurem, dann mit was Salzigem und schließlich das Ganze von vorn. Doktor Unger, der Gynäkologe, hat versichert, dass die Brechanfälle im fünften Monat aufhören werden. Bei seinen sanften, geduldigen Reden hört sie tiefes Verständnis heraus. Er versteht sie wirklich und wahrhaftig, ihr Doktor Unger, und gut, dass Gabi nicht dabei ist, denn er würde sagen, dass jeder, der achthundert Schekel pro Termin kassiert, geduldig lächeln und jeden verstehen würde.

Jafit meint es ihm erzählen zu können, und sie erzählt auch, dass sie sehr angespannt ist. Sie habe es nicht leicht zu Hause. Doktor Unger lächelt, und wenn er lächelt, sieht alles halb so schlimm aus. »Sie sind eine starke und gesunde Frau«, sagt er, und nun bedauert sie, dass Gabi nicht dabei ist und es nicht mithört. Gabi sagt ihr klare Worte: Wenn du nicht so fressen würdest, müsstest du nicht erbrechen. Als ob sie nicht wüsste, dass er, während sie bei Doktor Unger sitzt, andere fickt. Nicht andere – eine andere. Und dass der Geruch dieser einen schon mehrere Wochen an ihm klebt – genau das bringt sie zum Kotzen.

Das Grundstück der Schwebels ist sorgfältig umgegraben und mit einem soliden Betonrohbau versehen worden, der sehr bald ein stattliches Haus im Stil der Kanarischen Inseln tragen wird, wie abgebildet auf dem Schild, das der Bauunternehmer angebracht hat: Ziegel, Kokospalmen, Bögen, lauschige Fischteiche und Grün, so weit das Auge reicht, als stände das Haus nicht in der Wohnsiedlung, sondern inmitten eines grenzenlos weiten Paradiesgartens. Es hat alles nichts geholfen. Nicht das Umgraben, nicht das Abdichten mit Meeressand und nicht die Untersuchung des Geologen vom Fach. Jeden Nachmittag tut die Kompostieranlage das Ihre – verbreitet organischen Gestank, der sich in die Frühlingsdüfte mischt. Und wieder liest Gabi seine Unterhose auf, zieht die Hose an, duscht nicht, gibt ihr einen langen Kuss, verspürt in den Lenden gleich wieder Lust, muss jedoch los, und Nadavi ist wieder mal auf dem Heimweg von der Schachgruppe.

Geld hat noch nicht die Hände gewechselt, aber Ratschläge sind mittlerweile eingegangen. Sie weiß schon, dass sie für die siebenhunderttausend Dollar lieber zwei Wohnungen in Tel Aviv kaufen und vermieten sollte (die Renovierung übernimmt er), dann hätte sie ein monatliches Einkommen und auch Immobilien, die im Wert steigen. Sie hat gelernt, dass es sich für sie nicht lohnt, eine große Wohnung zu kaufen, denn wirtschaftlich gesehen sinkt der Gewinn mit der Größe. Sie weiß auch, dass es Zeit wird, sich ein anderes Auto anzuschaffen, denn bald werden Reparaturen anfallen, und sie weiß, dass ein Freund von ihm mit Gebrauchtwagen handelt, und er hat schon angeboten, mal hinzufahren, zum Gucken.

28

Sarah Gabrieli hatte sich den 12. März etliche Male in allen Einzelheiten vorgestellt. Das Hausinventar war längst fertig sortiert. Aber um halb sechs Uhr morgens an ihrem letzten Tag im eigenen Haus meinte sie, einen neuen Weg anzutreten. Ein anderer Vergleich für das Menschenleben fiel ihr nicht ein. Sie war dermaßen gewöhnt, es sich als Weg vorzustellen, dass sie sogar versucht war zu denken, es müsste irgendwo hinführen, wenigstens gegen Ende sollte der Weg doch von rot blühenden Wiesen gesäumt sein. Bei den Eskimos war der Tod in Weiß getaucht, und schon von Kindheit an wussten sie, dass sie eines Tages weggehen würden, um allein im Schnee zu erfrieren. Eskimos waren eigentlich Inuit, so wollten sie lieber genannt werden. »Inuit« klang für sie glanzvoll, furchterregend, grausam, wild, gleich dem ewigen Gesetz der Natur, erbarmungslos ohne Ausnahmen und Abweichungen, atemlos, erhaben und grandios. »Eine Zeit zum Gebären und eine Zeit zum Sterben.« Dieses Bibelwort schien ihr alles zusammenzufassen.

Nehmen wir mal an, dachte sie, während sie sich das Gesicht leicht puderte, nehmen wir mal an, Josef hätte bei der Verlosung der Grundstücke, die 1949 unter Luftwaffenoffizieren vom Major aufwärts stattfand, ein anderes Grundstück gezogen … Nehmen wir das mal an – was dann? Dann hätte sie achtundfünfzig Jahre in Zahala oder in Ramat Chen gewohnt, und statt in eine Zweizimmerwohnung mit Westbalkon im betreuten Wohnen am Rand der Wohnsiedlung wäre sie in eines der Seniorenheime in Nord-Tel Aviv übersiedelt, oder sie wäre dem Verband der Luftwaffenwitwen beigetreten und hätte erhebliche Ermäßigungen im Protea Village erhalten.

Ein alter Lieferwagen hielt vor dem Haus und in seinem Gefolge ein Laster, dessen Bemühungen, halb auf der Fahrbahn, halb auf dem Gehsteig zu parken, die ganze Straße um Viertel vor sechs in der Frühe aus dem Schlaf rissen. Gut, dass sie ihre Ohren dagegen abgeschottet hatte, ihren Namen – Sarah Gabrieli – aus dem Reifenknirschen am Bordstein herauszuhören. Aus dem Laster sprangen drei kräftige junge Männer, einer davon etwas feingliedrig, und aus dem Lieferwagen quetschte sich mühsam ein Arbeitsleiter von immensen Ausmaßen, dessen Doppelkinn schier bis zum Bauch schwabbelte. Mit einem leichten Fingerzeig unterdrückte er den aufkommenden morgendlichen Unmut der jungen Packer. Sie ließen den Chef auf das Haus zugehen, während sie selbst am Anfang des Pfads stehen blieben und warteten. Bei einem Blick durchs Badezimmerfenster gefielen ihr die blauen Arbeitsoveralls. Andererseits, wer weiß, sie konnten durchaus auch Mörder sein.

Der Chef drückte lang und laut die Klingel. Als solle er nicht nur das Verpacken und Ausräumen überwachen, sondern auch dafür sorgen, dass die Dame und die ganze Straße pünktlich aufwachten.

Die drei jungen Männer standen in der Diele und überboten sich in pessimistischen Einschätzungen der Arbeitsdauer – vor ihren Ohren natürlich. Sie selbst machte ihnen – als Erstes – Kaffee. Bis der Kessel heiß war, drehte der Arbeitsleiter eine Runde durch die Räume des Hauses, stellte seine eigenen Schätzungen an. Die lebhaften Diskussionen der jungen Männer brachen augenblicklich ab, als der Chef ihnen einen Wink mit dem dicken Zeigefinger gab, der Sarah an ein Schweinswürstchen erinnerte. Der Kaffee war fertig. Die vier tranken in der Essecke, debattierten dabei auf Ukrainisch oder weiß der Teufel was, nach Russisch klang es nicht. An den Küchenschrank gelehnt, beobachtete sie die Arbeiter, die geräuschvoll den Kaffee schlürften, sich gleich eine ganze Handvoll Kekse griffen. Sie dachte, es wäre besser, den Gang in den Schnee anzutreten, als den ganzen Tag mit diesen hier zubringen zu müssen. Einen kleinen Moment schloss sie die Augen zu langer, ungestörter Stille, losgelöst von allem, was ringsum vorging, eisig wie ein arktischer Naturfilm, weiße Zauberwelt, Marmorpaläste, Wasser, Wasser, Licht und Dunkel und Dunkel und Dunkel …

»Gute Frau, gute Frau«, kniete der Arbeitsleiter neben

ihr nieder, und sie war überrascht über die Behändigkeit seines voluminösen Körpers. Seine Hände griffen ihr unter die Achselhöhlen. Er hob sie wie ein Baby aus ihrer zusammengesackten Sitzstellung auf dem Küchenboden, den Rücken an der Schranktür. »Alles in Ordnung, gute Frau?«

Seine Stimme war weich. Sie konnte nur mühsam die tränenverklebten Lider heben. Er stützte sie auf dem Gang zum Sessel. Durch das breite Fenster sah man den taufrischen grünen Rasen, den sie bis zum letzten Moment gesprengt hatte, damit er es nicht spürte, nichts mitbekam. Sie wusste das Feingefühl des Arbeitsleiters zu schätzen. Langsam fand sie ihren regelmäßigen, normalen Atem wieder. Es war glimpflich abgelaufen.

Die Packer erhoben sich schweigend, gingen an ihre Arbeit. Der, den sie Wladimir nannten – aus dem Ärmel seines Trikothemds lugte der Schwanz eines Delphin-Tattoos hervor –, wickelte überraschend behutsam ihr englisches Teeservice ein. Auf jedem seiner Finger war ein blauer kyrillischer Buchstabe eintätowiert. Gewundene Tränenrinnen durchliefen den hellen Puder auf ihrem rissigen Porzellangesicht. In der neuen Wohnung würde sie das Service vorn in den Schrank stellen, es benutzen, wenn Gäste kamen. Ja, benutzen, warum nicht? Wie ihre Mutter zu sagen pflegte: Man muss das Erbe zu Lebzeiten benutzen. So hatte ihre Mutter gesagt, die gern zu Tanztees und Bällen in Tel Aviver Cafés ausging, in Anzügen à la Greta Garbo, und zwischen den Tänzen beklagte, dass sie ihrem Mann nach Palästina gefolgt war, ihre Mutter, die alles ignoriert hatte, bis die Dinge ins Lot kämen und sie einen anderen Mann und vielleicht auch andere Kinder in einem anderen, fernen Land fände, einem Land ohne Mücken und Chamsine und Kriege zwischen Juden und Arabern und Wassermangel und Staub und Sand und ohne mieses Fleisch und armselige Äpfel und faden Käse und saure Trauben. Das Tafelgeschirr hatte ihre Mutter 1928 ins Land gebracht, aus ihrem wohlhabenden Elternhaus in Kiew. Einer Metzgerfamilie.

Die Weingläser wurden behutsam in raschelndes weißes Einwickelpapier gerollt. Nichts zerbrach. Auch die Gläser würde sie benutzen. Sie würde das Erbe noch zu Lebzeiten genießen, würde Wein mit ihren Freundinnen trinken, wenn sie zu Besuch kamen, würde in ihre neue Wohnung einladen, zwei Zimmer, betreutes Wohnen, Balkon nach Westen. Zwei bis drei Freundinnen, Wein, Salzgebäck, Tee und Kuchen. Der Tod hinge wie ein Kronleuchter über ihren Köpfen, und doch käme hin und wieder Lachen auf.

Frau Gabrieli erhob sich langsam aus dem Sessel. Wladimir behielt sie im Auge. Sie nahm einen an der Wand lehnenden Besen, wartete geduldig einen Moment, bis er den Geschirrschrank fertig in Plastik verpackt und in die Zimmermitte gerückt hatte, und kehrte dann den Staub auf, der sich dahinter gesammelt hatte, entschlossen, das Haus blitzsauber zu hinterlassen.

Der Chef war mit der Arbeit der Packer zufrieden. Jeder räumte ein anderes Zimmer aus. Er sank mit seinem schwabbelnden Speck auf einen der beiden braunen Sessel, die aus dem Wohnzimmer in die Diele geschleift worden waren. Sie dachte, der Sessel würde zusammenkrachen, aber siehe da, er gewöhnte sich, knarrte nur kurz und trug die Last. Ihre Augen ruhten auf einem Spinnennetz in der Ecke. In der neuen Wohnung würde es keine Spinnweben geben, keine klebrige Fettschicht im Herdbereich und zwischen Unter- und Oberschränken, diesen Todesstreifen für Fruchtfliegen im Verlauf von über achtundfünfzig Jahren. Die neue Wohnung würde wenigstens sauber sein.

Witali, der feingliedrig wirkende junge Mann, ein langer Lulatsch, schmal und blond, mit den langen, geschmeidigen Fingern eines Pianisten, wurde durch Wink mit dem dicken Finger des Arbeitsleiters zum Bücherregal dirigiert. Verstaubte Bände landeten einer nach dem anderen in den Kartons: *Die Frauen in der Bibel* von Yehezkel Kaufmann; Avraham Kahana, *Die Apokryphen;* Cicero, *Reden – Eine Auswahl; Der sterbende See* von Peter Merom; *Flussrinnen im Negev* von Nelson Glueck – alle überflüssig. Staubwolken wirbelten von den aufeinandertreffenden Büchern auf. Der Arbeitsleiter wies Witali an, eine Stoffmaske überzustreifen. Das Gesicht des Chefs, der in den Sessel gepfercht saß, glänzte vor Schweiß und Fett, sein Dasein war ihm allein schon Last genug, und dieser Staub ringsum … »Die schweren Brocken zuerst einpacken«, rief er Wladimir zu.

Der dritte, ein harter Typ, rührte sich nicht vom Fleck. »Vorwärts, Chaim«, rief der Chef wütend, und Sarah fragte sich, was Chaim (Leben) bei ihnen sollte. Chaim lud sich ihren Esstisch samt seinen zwölf Stühlen auf den Rücken. »Los, Chaim«, brüllte der Chef fröhlich albern, »die gute Frau liebt dich.«

Hilali traf um neun Uhr ein. Sarah kam es vor, als wäre es schon Mittag. Die jungen Männer warfen der Eintretenden einen gleichgültigen Blick zu. Sarah stellte vor: »Meine Tochter Hila.« Die Packer arbeiteten mit verschlossenen Gesichtern weiter. Hilali unterdrückte ein Lächeln, keiner der drei würdigte sie eines weiteren Blicks. Ihre Augen galten dem Arbeitsleiter, dessen Züge einen Ausdruck demonstrativen Staunens annahmen. Seine Blicke verfolgten skeptisch den Transport der »schweren Brocken«. Seine Stimme klang schrill und fern: »Soll das alles in den Laster, gute Frau?« Chaim ließ den Esstisch und die zwölf Stühle vom

Rücken auf die Veranda gleiten. Der Geschirrschrank, das Sofa, einer der beiden Sessel (auf dem anderen sollte der Chef bis zum Schluss der Räumung sitzen), das Doppelbett, der dunkle Schreibtisch aus Nussbaumholz, der Josefs gewesen war, die beiden Tabureten, die Doppelbettcouch, Regale, Bücherkisten …

Hilali verstand die Logik hinter seinen Worten, bemühte sich, ihrer Stimme einen sanften und ruhigen Ton zu verleihen. »Das wird nicht alles reingehen, Mutter.« Ihre Stimme klang brüchig und abgehackt. »Wissen Sie was, *Chabibi*«, sprach Sarah den Arbeitsleiter nun gerade mit »mein Freund« auf Arabisch an, »den großen Tisch und die zwölf Stühle lassen wir hier.«

Der kurze Finger des Chefs bedeutete Chaim, den Tisch und die zwölf Stühle zu der Gruppe Möbel zu schaffen, die armselig in der Essecke standen – ein Resopalschrank, zwei Holzkommoden, ein altes Jugendsofa, ein hochwertiger Bürotisch mit echtem Furnier, ein veralteter Computer, über fünf Jahre in Betrieb. Der dicke Finger des Arbeitsleiters deutete auf all die M: Kühlschrank, Waschmaschine, Wäschetrockner, Spülmaschine. »Nehmt«, erwiderte Hilali. Zum ersten Mal blickte der Chef sie direkt an und rechnete sich eintausendfünfhundert Schekel aus. Seine Arbeiter rechneten sich je zweihundert zugute.

29

»Dein Vater ist mit den Jungs in der Garage«, begrüßte Jafit den Hurensohn, der sie halb tot aus dem Bett hochjagte, statt die Tür selbst zu öffnen. Man brauchte, Gott behüte, keinen Schlüssel, es genügte, den Code zu drücken. Aber wenn er nach Hause kam, sollte seine Frau ihm aufmachen. Da stand er und stank vor sich hin, schamlos, wie ein kompletter Fischmarkt. Eines war Jafit klar, bei so einer Stinkerin würde er nicht einziehen. Aber da irrte sie völlig, denn die Liebe macht die Seele weit, und wenn Liebenden die Seele weit wird, scheren sie sich nicht viel um Sauberkeit und Armut.

Ein Arschgesicht, dachte Gabi hasserfüllt und ging in die Garage hinunter. Wenn er gewusst hätte, dass sein Vater hier bei den Söhnen war, hätte er etwas länger bei ihr bleiben, sogar noch eine Runde einlegen können, sanft, entspannt, einfach so. Ein Lustschauder überrollte seinen Körper, als er am Rahmen der Garagentür lehnte. Sein Vater und die Söhne saßen auf einer karierten Waffelpikeedecke und montierten die Teile einer Blinkerleuchte ans Moped. Nana, die Boxerhündin der Familie, lag in einiger Entfernung von ihnen. Sein Vater kann Hunde nicht ausstehen.

Der Vater zündete sich eine Zigarette an, warf Gabi einen schiefen Blick zu, nichts Spezifisches, bloß so, von Natur aus misstrauisch. Unzufrieden. Könnte immer noch besser sein. Wenn er es jetzt nicht verdiente, würde er es später schon redlich verdient haben. Scheiße. Die beiden Jungs da neben ihm, seine Enkel, zwei verwöhnte Jammerlappen, so werden sie es nie zu etwas bringen, mit diesen eingefärbten Strähnen im Haar. Erst der Große und dann der Kleine ihm nach.

»Na was?« Er nimmt einen tiefen Zug von der Zigarette und drückt sie vorzeitig im Aschenbecher aus, hebt den Blick und mustert Gabi mit zusammengekniffenen Augen. Sein Sohn stinkt, wirkt abgeschlafft, hat ein paar Kilo abgenommen. Sieht aus wie ein lüsterner Hund. »Komm, komm, schau dir was an«, der Großvater zieht eine zweite

Zigarette heraus, zündet sie an, nimmt einen tiefen Zug und löscht sie. Seit der Bypass-Operation hat er das Rauchen aufgegeben. »Na los«, ermuntert der stolze Großvater seinen Enkel Ejal, den stolzen Besitzer des neuen Mopeds, »fang an zu löten.«

Ejal nimmt das Lötgerät in die Hand und drückt mit seinen plumpen Fingern zwei nackte elektrische Drähte aneinander. »Schutzbrille«, brüllt der Großvater, »zuerst kommt die Sicherheit!«

Dann seufzt er, holt noch eine Zigarette heraus, zündet sie an. Sein Gesicht entspannt sich. Ein Zug, dann noch einer. Gestutzter Schnauzer, schütteres Haar, ein Goldzahn. »Was soll ich dir sagen«, erklärt der Großvater, »Kraftfahrzeugmechaniker werden aus denen keine mehr.«

»Waaas«, protestieren die beiden Söhne, Ronen und Ejal. Ein blödes Aufmuhen erfüllt die Garage. Gabi ist zufrieden. Das hätte ihm gerade noch gefehlt, dass sie Autoschlosser werden.

Der säuerliche Geruch von Erbrochenem dringt aus dem Bad neben dem Schlafzimmer. Jafit, das bleiche Gesicht gewaschen, das Haar feucht und klebrig, kommt aus der Marmor- und Spiegelhöhle und wirft sich aufs Bett. Gabi geht an ihrer Stelle hinein, zieht sich aus, öffnet den Wasserhahn, lässt sich eine Jacuzzi einlaufen, sieht unterdessen in den breiten Spiegel, ein Hausherr, der sich gern betrachtet. Wenn Jafit nicht dagegen gewesen wäre, hätte er auch an der Decke einen Spiegel angebracht.

Erleichterung durchströmt Jafits hingestreckten Körper, der Atem geht tief und regelmäßig. Weggehen wird er nicht, den Besitz wird er zu Lebzeiten nicht aufteilen.

Gabi steigt in die Jacuzzi. Das Wasser ist angenehm warm. Ohne Seife, absichtlich. Wie kann eine Frau, die etwas auf sich hält, bloß so stinken, denkt Jafit, rappelt sich hoch und reißt das Fenster auf. Von draußen schlägt der Gestank der Kompostgrube herein. Sie macht das Fenster wieder zu. Tausend Düfte werden ihren Geruch nicht löschen. Feine Wasserstrahle massieren Gabis Körper. Er ruht sich im Wasser aus, genießt die Düfte. Er hätte ihr gern einen zum Abschluss reingesteckt. Sein Körper reckt sich wohlig wie eine Katze. Der Gedanke an den versäumten Schlusspunkt macht ihn traurig, als ob es auf einmal mehr oder weniger ankäme. Im prickelnden Wasser entspannen sich seine Muskeln nach und nach. Er fühlt sie noch auf seiner Haut und ihr vereinter Schweiß löst sich im Wasser auf, und er hat das Gefühl, in ihr zu schwimmen, nach Belieben in ihr untergehen zu können. Während er seinen Körper im Wasser planschen lässt, verspürt er ein angenehmes Hungergefühl, denkt sich, dass er seinen Penis gerade dann gern an ihr reiben würde, wenn sie ihm ein Omelett briet. Schon beim Salatschnippeln sollte sie splitternackt sein, nur eine Schürze umgebunden, und dann würde er sie in den Arsch ficken, und doch würde der Salat nach arabischer Art ganz fein geschnitten. Danach würde er sie auf dem breiten Sofa gegenüber dem Balkon bumsen, damit alle Nachbarn es mitbekamen, und der Gedanke an ihre Nachbarn, die über seine Manneskraft staunten, machte ihm vollends einen Steifen.

Er rubbelt seinen begierigen Leib mit dem stacheligen, harten Handtuch, das er vom Halter gepflückt hat, und hätten seine Poren ihre Stimme erheben können, hätten sie allesamt lobgesungen, das Lied des häuslichen Wohlgefühls. Und während er noch die Härte des Handtuchs genießt, sackt ihm, hoppla, die wilde Erektion weg, denn plötzlich birgt auch das harte Handtuch machtvollen weiblichen Charme und einen Zauber in sich, den Charme der genauen, geheimen Dosierung, die das Geheimnis des Lebens selbst in sich trägt: das Geheimnis des Handtuchs und des Abendbrots und des Bügelns und Stärkens und des Putzens der Reihe von Schuhen, die nur auf das Hineingleiten seiner Füße warteten. Und plötzlich tut es ihm leid um das alles, was mit so viel Mühe aufgebaut worden war. Sein Haus, die Familie. Und als er die Boxershorts und das Trägerhemd anzog, die frisch gewaschen dufteten, und seinen Körper höchst zufrieden erneut in dem großen Spiegel betrachtete, stämmig und dunkel und stark, und sich eingesteht, dass seine Muskeln erschlafft sind, und bereut, seine Fitnessübungen letzthin etwas vernachlässigt zu haben – da verfliegen Sehnsucht und Schmerz, und es bleibt jenes maskuline Wohlgefühl des Mannes, der am Nachmittag so richtig gut gevögelt hat.

Sechster Teil

WAS DRAN

30

Frau Lichtmann hatte das Mietobjekt samt seinen Mietern gründlich satt. Ständig nichts als Forderungen und Klagen hatten die beiden, hier eine Reparatur, dort eine Reparatur – alles auf ihre Kosten. Sie hatte sich entschlossen, die Wohnung einschließlich Mietern zu verkaufen, ebenso wie das Geschäft für Babykleidung samt den mit organischen Farben angemalten Holzspielsachen und den batteriebetriebenen Mobiles. Ihr Schwiegersohn, das heißt der Mann ihrer jüngeren Tochter, stellvertretender Abteilungsleiter bei einer Bank, hatte ihr empfohlen, das Objekt abzustoßen. Die Bankzinsen seien derzeit hoch. Mit ihrer widerwilligen Zustimmung hatte er Chayek angerufen, um ihm den Vorzug einzuräumen. Chayek zögerte keinen Augenblick, er war nie überrumpelt. Seelenruhig nahm er das Angebot an. Die Mieter solle man seine Sorge sein lassen.

Dieser Schachzug lähmte Schraga Livni. Er wusste, das Spa würde kommen. Das hatte er so oder anders schon längst begriffen, nur hatte er nicht gedacht, dass es widerstandslos abgehen würde. Der Antrag würde glatt angenommen werden. Dem Siedlungsrat wehte ein neuer Wind ins Gesicht, genauer gesagt, von den Vertretern der Neusiedler, die plötzlich die Mitsprache des Rats bei der Zulassung örtlicher Geschäftsbetriebe an sich in Frage stellten. Sie kleideten ihre Argumente in Wendungen wie »der Wille der Allgemeinheit«, »Bevormundung«, »Big Brother«, »freie Wirtschaft«. Matan Scharon war nicht ganz wohl bei seiner solidarischen Ablehnung: Was sollte es ihm ausmachen, wenn es hier ein Spa gab? Schraga Livnis böse Ahnungen bewahrheiteten sich.

Abendspaziergang. Schraga Livni und sein Hund durchstreifen kreuz und quer die Wohnsiedlung. Noch ist nicht entschieden, wer das Gassigehen mehr braucht. Chetz' einst trommelnde Schritte trommeln nicht mehr, sind etwas unsicher geworden, Beckenprobleme. Er schnüffelt. Wer einen guten Riecher hat, braucht nicht leichtfüßig zu sein. Der Siedlungsrat ist nur noch zum Absegnen da. Schraga beugt sich zu Chetz nieder, tätschelt ihm den Kopf und lässt ihn, wie jeden Abend, von der Leine. Man braucht keine wilden Fluchten an die Türschwellen läufiger Hündinnen mehr zu befürchten. Wohin sind all die läufigen Hündinnen verschwunden, deren Herrchen, mit einem Stock bewehrt, auf die kühnen Rüden eindroschen, deren Triebe sie verrückt machten, oder mit Steinen nach Hinterherschwänzelnden warfen?

Chetz pinkelt ein paar Tropfen an eine Betonwand. Überwindet den reißenden Schmerz im steifen Becken, hebt das Bein hoch und höher, damit man denken soll, er, Chetz – der hier einfach so, an einem gewöhnlichen Alltag, gepinkelt hat –, sei ein großer, starker und drohender Hund. Schraga hätte an seiner Stelle auch gepinkelt. Tröpfelnd und ätzend, alle Stunde. Manchmal alle halbe. Mal nur ein paar Tropfen, mal außerhalb der Kloschüssel. Er hat es nicht mehr ganz unter Kontrolle.

Am oberen Ende der Truppenhelden-Straße machen die alten, einladenden Häuserfronten Mauern und Sicherungsanlagen Platz. Chetz wird keine Hündin mehr decken. Bougainvilleen blühen in roten und rosa Trauben. Auch Schraga wird vermutlich nicht mehr vögeln. Oder vielleicht gerade … eine letzte Gnade … Die Bauarbeiten an dem Haus im kanarischen Stil sind fast abgeschlossen. Die Eingangstür ist so schwer und breit wie das Tor einer deutschen Burg, breite Fenster mit verschnörkelten Eisengittern, mächtige Holzbalken aus Spanien importiert. Am Rand des doppelten Vorgartens stehen jetzt riesige Palmen, die extra aus einem exotischen Land eingeführt worden sind und dem Ganzen Ferienatmosphäre verleihen. Ein wahres Erholungsheim.

Als sie an der Schule, oben in der Sinai-Feldzug-Straße, ankommen, ist der Basketballplatz leer und dunkel und das Eisentor doppelt gesichert. Chetz pinkelt ein paar Tropfen auf einen Haufen frischer Gartenabfälle. Als Nächstes umrunden sie den provisorischen Parkplatz, auf dem früher die Baracke der Partei gestanden hat. Die Baracke ist verkauft worden: der hohe Grundstückswert, das Defizit in der Parteikasse. Sie gehen weiter zum Gefallenen-Platz, in dessen Mitte das Ehrenmal steht. Die Eisenplatte mit den eingravierten Namen ist längst geklaut. Aus Gewohnheit hält Schraga vor dem beschämend leeren Steinbrocken inne, er kennt die gestohlenen alten Namen auswendig: die Kameraden, die niemanden mehr haben, der ihrer gedenkt, ihre Söhne, die 1973 in den Tod gerannt waren, und auch diejenigen, die bei Auto- oder Übungsunfällen beim Militär umgekommen sind, ja sogar jene, die verwundet wurden und sich später umgebracht haben.

Die Veteranen hat er in Erinnerung. Die beiden neuen Namen, die im Libanonkrieg dazugekommen sind, sind für ihn Namen ohne Gesichter, aus dem Kreis der neu zugezogenen Siedler. Die Alteingesessenen haben keine Kinder mehr in dem Alter. Ein runder Mond am Himmel begleitet Schraga und seinen Hund.

An der Straßenecke teilen sich die Wege: rechts zum Country Club, links führt ein schmaler Pfad zur Uri-Ilan-Grünanlage.

Von der Anlage her hört er leises Plaudern und Kichern, riecht einen süßlichen Hauch von Patschuli, erschauert vor Freude über die anmutig rollenden R-Laute. Mit einem Schlag bietet sich die Grünanlage seinen Augen dar, schimmerndes Silberlicht über den Holzbänken. Eine neben der anderen sitzen dort die kleinen Filipinas in ihren Glitzershirts und blendend weißen Sportschuhen an den Tischen des Jüdischen Nationalfonds, halten lila und rosa Handys in den Händen. Sie sind mit den Hunden ihrer Herren auf Abendspaziergang.

Schraga liebt diese zarten, süßen Wesen. Feen der Nacht. Auch die Älteren wirken jung, auch die Jüngeren sind hässlich, aber wenn die Herde sich versammelt, sind sie so allerliebst, wie braune Gazellen. Vor allem Lilly, das Au-pair-Mädchen der Chayeks, seine feste Banknachbarin.

Chetz legt sich zu Füßen seines Herrchens, beäugt die Hunde, die sich auf dem ovalen Rasenstück tummeln, ihr Geschäft erledigen. Lilly erkundigt sich nach Herrn Schragas Befinden. Herr Schraga lächelt. Plattnasige, runzlige, langhaarige, geschorene, gepflegte, schlappe, dicke und feiste Artgenossen. Chetz hat kluge braune Augen. Weit,

weit haben sie sich von unseren Urahnen entfernt. Lilly erzählt Schraga, dass sie bald weggeht. In Chetz' trockene Nüstern dringen Frühlingsströme, bringen den Geruch von weiten Feldern und Fluren, deren Ränder längst angeknabbert sind.

Lilly erzählt, dass die Chayeks schwere Zeiten durchmachen. Sie will nicht klatschen, aber sie meint, der Herr hätte eine nebenher. Bald wird das Töchterchen zur Welt kommen. Viel Schreien und Schweigen. Die Madam ist nervös. Es wird Zeit, nach Hause zu fahren.

Schraga tut es leid. Ein Lichtlein erlischt in seinem Herzen. Vier Jahre hat Lilly bei den Chayeks gearbeitet. Vorher war sie vier Jahre in Kuwait gewesen.

Nana, die Boxerhündin der Familie Chayek, kommt von einer zögerlichen Runde um den Rasen zurück, jede Bewegung von rassiger weiblicher Anmut belebt, setzt sich neben Lilly, sabbert auf ihren Schoß. In einigen Wochen wird ihre Nachfolgerin eintreffen. Eine aus Peru. Schraga mag keine Peruanerinnen, die haben zu breite Rippen. Lilly krault Nana. Chetz wittert längst vergessene Düfte. Einst war die Wohnsiedlung von freien Feldern umgeben, die früher mal – wie die Alten erzählten – dichte, modrige Zitrushaine waren, mit einem aufgelassenen Packhaus in der Mitte und einem Wächter darin. Speichel troff aus den zahnlosen Lefzen, wenn sie des Häufchens Rotlöss gedachten, unter dem der Wächter seine Essensreste zu vergraben pflegte.

Lilly erzählt, sie habe längst schon heimkehren wollen, aber die Verwandten dort hatten sich ans Geld gewöhnt, und sie war es schon gewohnt, ohne sie zu leben. Nach ihrer Rückkehr, versichert Lilly, würden sie und ihr Ehemann Patrick mithilfe des ersparten Geldes einen kleinen Supermarkt eröffnen. Geb's Gott, erwidern die kleinen Münder, viel Erfolg.

Pio und Linda, das Ehepaar, das den Berkowitzes, die kürzlich Zwillinge bekommen haben, den Haushalt führt, erzählen zum Johlen der Mädels, dass Frau Ditti Saporta, die Nachbarin zur Rechten der Familie Berkowitz, mit John, dem schwarzen Prinzen, im Bett erwischt worden ist. Lilly und Schraga tauschen ein verlegenes Lächeln. Jamaima, die bei den Barkats – guten Freunden des stürmischen Paars – angestellt ist, berichtet, der Ehemann habe John absichtlich aus Jamaika geholt, um seine Frau loszuwerden.

Chetz erhebt sich, auch sein Herrchen steht auf. Man hüte sich vor Klatsch und Tratsch.

31

Sarah wusste Bescheid, genau wie alle anderen. Doch in ihrer winzigen Wohnung, die kraft ihrer müden Anweisungen und der Einsatzfreude der Hausmeister des Gebäudes zusehends Gestalt annahm, wusste sie, dass es in ihrem Alter und Stand genügte, informiert zu sein, sie musste nichts unternehmen. Sie war schon ein großes Mädchen, die Hilali. Hätte ihre Tochter sich bequemt, ihren Rat einzuholen, hätte sie gesagt: *»Es passt nischt«*, das heißt, es gehört sich nicht, aber schon aus dem jiddischen Satz ging hervor, dass man so etwas nicht tut. Und wenn es doch passiert, was soll man dann sagen? Um das ganze Geländer des Nordbalkons hatte man neue Blumenkästen, fertig zum Bepflanzen, angebracht. Es blieb noch genug Platz für einen Stuhl und einen kleinen Tisch.

Gesehen hatte sie damals nichts. Es war vier Uhr morgens gewesen, als Hilali zurückkam. Die Kondolenzbesucher schliefen – leichten Herzens nach erfüllter Beileidspflicht – paarweise in ihren Betten. Der erste Todestag war vorüber. Sie fand keinen Schlaf. Das Haus war dunkel. Sie hörte Hilali eine halbe Stunde nach Mitternacht hinausschlüpfen, hörte es und wälzte weiter ihre Gedanken, in Wut aufgelöst. Warum gerade sie? Warum gerade ihr? Und dann hörte sie sie um vier Uhr morgens zurückkehren. Jetzt fiel ihr wieder ein, dass sie weggegangen war. Sie lauschte dem vorsichtigen Tappen über die Veranda, dem leisen Drehen des Schlüssels im Schloss, dem behutsamen Öffnen und Schließen der Haustür, ihrem jammervollen Quietschen, dem tiefen Aufatmen, den langsamen Schritten am Anfang des Flurs, den ungeduldigen an seinem Ende, dem langen Horchen auf die Stille, dem Eintreten ins Zimmer, dem Schließen der Tür, dem Abstreifen der Flipflops, dem Körper, der hart im Bett landete, sich in die Decke hüllte, erstickt ins Kissen schluchzte, mit den Haaren peitschte, mit den Füßen trat, weinte.

Die Mütter ereiferten sich. Wie kann es angehen, dass das Mädchen so herumstreunt, ihnen ins Haus läuft, in die Küche, abends, wenn die Männer von der Arbeit heimkehren? Dass sie observiert, spioniert, infiltriert, höchst unangenehm. Als würde sie im nächsten Moment zukrallen und mit der Beute abhauen. Und das kann mit dem eigenen Mann enden und mit Dingen, die man nicht tut. Man muss sie zügeln, ein Auge auf sie haben. Die Kleine ist zu hübsch, um verwaist durch die Welt zu laufen. Sammlerinnen haben was gegen Jägerinnen. Mütter ließen ihren Töchtern die Ohrläppchen durchstechen, hängten ihnen feine goldene Ohrringe an, brachten ihnen ein paar elementare Dinge bei, Regeln für die Menstruation: Man wickelt die Binden gut in

Zeitungspapier, steckt sie in einen verschließbaren Beutel. Es braucht niemand davon zu wissen, der Körper bereitet sich auf Schwangerschaft und Geburt vor.

Das bedeutet noch nicht, dass man fünfmal die Woche Verkehr haben muss, dachte sich Michal Sahar, die vom zweiten Stock aus durch die Jalousien linste. Sie ging einmal die Woche aufs Arbeitsamt stempeln, in der Abteilung für Akademiker, hatte also Zeit. Noam Kesselmann, ein Schüler der zwölften Klasse, der sich auf die Vorprüfung in Geschichte vorbereitete, war bereit zu schwören, dass sie jeden zweiten Tag fickte, genauso häufig wie er lernte. Gabi bellte Jafit an, er könne nicht mehr. Ohne weitere Erläuterungen. Jafit schwieg. Die ganze Nacht schmerzte ihn die Hälfte, die in ihren Händen bleiben würde, wie ein amputiertes Bein.

32

Na, dann ist da also was dran, dachte sich Schraga. Wo Rauch ist, ist auch Feuer. Lilly erzählt von Problemen im Haus, und in der Siedlung heißt es, da stecke sie dahinter, Hila Gabrieli, sie und keine andere. Wie die Kreuzung zwischen einem Esel und einer Henne, ein grausiges Zwitterwesen. »Chetz!«, rief er energisch seinen Hund, obgleich der bei Fuß ging. Ein mieses Mischgewebe aus Seide und Lumpenfasern. »Chetz, hierher!«, brüllte er erneut. Es konnte doch nicht angehen, dass Hila Gabrieli, die Tochter von Sarah Gabrieli, Luftwaffenwitwe, Pädagogin, Schulrektorin in Israel, Bibelkundelehrerin, eine bekannte Persönlichkeit unter den Alteingesessenen der Siedlung … Kann nicht sein! »Chetz!«, schrie er in die Luft. Das nennt man mit dem

Feind schlafen. Der Kopf der Schlange. Zwei Ohrfeigen würde er ihr verpassen.

Chetz folgte seiner Schnüffelnase, Schraga rief ihn nicht mehr. Was kann man machen, ihm sind die Hände gebunden. Er würde sie im Haus einsperren und ihr die Haare abrasieren. Chetz beäugte sein Herrchen, das war wirklich nicht seine Angelegenheit.

Bei der Heimkehr werden sie Nechama im Nachthemd vorfinden. Ihr Mund riecht nach Zahnpasta, Gesicht und Hals duften nach fettiger Gesichtscreme. Von der Wunde am Knöchel, die nicht verheilen will, steigt ein Hauch der gelblichen aseptischen Salbe auf. Still und leise wird sie Chetz' Fressnapf mit Knödeln füllen, und weil er mit seinen paar abgewetzten Zähnen nur schwer kauen und mahlen kann, und da sich hinter ihrer verbissenen Strenge ein weiches und fürsorgliches Herz verbirgt, wird sie über die mürben Knödel einen Löffel Suppe oder einen Soßenrest oder Milch oder Weißkäse geben. Danach wird sie sich in ihren Sessel setzen und höchst konzentriert den Geschichtskanal gucken. Chetz wird zu ihren Füßen liegen, still die wechselnden Bilder anstarren, ein Schwarz-Weiß-Film über Hitler, wie sie es mögen. Schraga wird hineingehen, um Gute Nacht zu sagen.

»Alles haben sie aufgenommen, diese Deutschen«, wird sie zu ihm sagen, während sie Hitlers zitternden linken Arm mit der Hakenkreuz-Armbinde genauestens studiert. »Parkinson«, wird sie seufzen, und auch Chetz wird eine Spur Mitgefühl zeigen, als einer, der es am Becken hat. Die Massen jubeln ihm zu, Hitler versucht das Zittern am Ärmel des Waffenrocks zu kaschieren. Die Armbinde bewegt sich nach links, seinem Gesicht zu. »Na, und rechtfertigt das was?« Schraga geht schlafen.

33

Man kommt nachts schwer in den Schlaf. Mann für Mann mit seinen Gedanken, Kind für Kind, Frau für Frau. Die Kühlschranktür geht auf und zu. Raschelnde Zellophanhüllen, schmatzende Plastikdeckel, Gläserklirren, Wasserrieseln. Ein Uhr achtundzwanzig auf Gabi Chayeks Breitling, Jafit mampft in der Küche. Mais-Chips. Eine Tüte wird zusammengeknüllt und in den Mülleimer geworfen. Etwas Sämiges eingeschenkt. Ein Glas in die Spüle gestellt. Ein Uhr fünfunddreißig auf Nadavis Tieftaucheruhr. Er hat Sehnsucht nach Vater, drei Nächte nacheinander. Hilali liegt unruhig in ihrem Bett, Lakenrascheln, scharfe Bewegungen. Draußen hält ein Taxi. Dieselmotortuckern. Eine Tür wird aufgemacht und zugeknallt, schallendes Lachen. Die Zwillingsschwestern vom Penthouse kommen heim. Das Taxi fährt ab.

Viertel vor zwei auf Nadavis Taucheruhr, was hat sie drei Tage allein in der Wohnung gemacht, drei Tage lang … Er hat keine besondere Veränderung in ihrem Verhalten zu ihm festgestellt. Vielleicht verheimlicht sie was? Vielleicht hat sie in den Schränken gestöbert, das Versteck mit dem Geld entdeckt, das er ihr jede Woche aus dem Portemonnaie klaut? Er hat dort schon zweitausendfünfhundertvierundsechzig Schekel und dreißig oder vierzig Agurot. Vielleicht hat sie das Bündel mit den Tests und Briefen von der Schule gefunden, auf denen er ihre Unterschrift gefälscht hatte, den Gasanzünder, den er im Haus seines Freundes Jo'ed gestohlen hat, das Taschenmesser, die Mundharmonika, Wereds Goldring mit dem roten Stein, der schon Anfang des Jahres verschwunden war?

Viertel nach zwei auf Gabi Chayeks Uhr. Nadavi ist endlich eingeschlafen. Jafit steigt schwerfällig die Treppe hoch. Wie jede Nacht, wer-weiß-wie-viele Nächte schon, wird sie wach neben ihm liegen, ruhig atmen, sich schlafend stellen, verborgene Speisereste leise, leise aus den Ritzen zwischen den Backenzähnen klauben. Er hört ihre Zunge am Gaumen reiben, den Speichel, der die Mundhöhle überflutet, mit nervendem Schmatzen geschluckt wird. Er drückt fest die Augen zu, streichelt in Gedanken Hilalis fernen Körper. Was heißt streicheln? Er langt hin und quetscht und biegt, so rum und so rum und auch noch andersherum, kann jedoch nicht einfach Hand an sich legen, nicht aufstehen, ums ins Bad oder in ein anderes Zimmer zu gehen, kann nur im Bett liegen bleiben, sich schlafend stellen und von der Frau träumen, die er gefunden hat, eine Frau, die gern fickt … eine Frau, die gern fickt … Seine Gesäßmuskeln spannen sich völlig gegen seinen Willen. Der Penis steht. Am besten auf die Seite legen. Das ist unbequem. Notgedrungen dreht er sich um. Greift nach Jafit, die so tut, als schliefe sie, streichelt ihren dicken Bauch, in dem sich noch eine Tochter verbirgt.

Jafits Körper liegt schwer und zornig da, reagiert nicht. Gabi kommt sich vor wie ein Idiot. Möchte was Nettes sagen … was Nettes … was Nettes … Dreht sich zurück auf die andere Seite. Jafit seufzt. Mit seiner süßen Ehebrecherin kann er alles machen. Alles erlaubt sie ihm, allzeit bereit, sie liest seine dreckigen Gedanken, die perfekt zu ihren dreckigen Gedanken passen. Wieder erwacht sein Penis, eine ungeheuer wohlige Erektion, die bis zum Morgen warten wird, um sich dann in diesem Körper zu entladen, den Gott für ihn erschaffen hat, Sehnen, Muskeln, Knochen – so wie er sein Steak gern isst: saftig, fleischig und halb roh.

Viertel vor drei auf dem Wecker am Bett. Hilali beschließt, das Licht anzuschalten. Der Kopf platzt ihr vor lauter Berechnungen, nächtelang kommt sie kaum in den Schlaf. Noch hunderttausend Dollar und sie würde einfach drei kleine Wohnungen kaufen. Mieteinnahmen von rund tausend Dollar pro Wohnung, dreitausend Dollar Monat für Monat. Sie macht Licht, holt den kleinen Block und den Stift heraus, die sie genau zu diesem Zweck in der Nachttischschublade verwahrt. Rechnet man monatlich achthundert Dollar zur Tilgung von je hunderttausend Dollar Hypothekensumme, lohnt es sich für sie. Dann würden ihr statt dreitausend Dollar monatlich zweitausendzweihundert bleiben. Die Maklerprovisionen, das Anwaltshonorar und die Renovierung würde er übernehmen. Hilali legt Block und Stift in die Schublade zurück. Drei Uhr. Sie löscht das Licht.

34

Sie wird ihn vergiften, ihm Zyanid in den Cognac träufeln, in den Morgenkaffee, ins Omelett, in den Salat. Jafit findet keinen Schlaf, Rachegedanken halten sie wach, schlagen los, sobald sie die Augen schließt. Seine regelmäßigen Schnarcher bringen sie um den Verstand. Zyanid ist bitter, man sollte es in was Süßes geben, in den Schokoladenkuchen zum fünfzigsten Geburtstag, auf jede Schicht ein paar Tropfen. Zyanid ist widerlich, Torturen, Erbrechen, Krämpfe. Warum nicht, soll er's merken. Was ist dabei? Soll er einen Moment vor dem Tod spüren, was Kotzen bedeutet, damit er seine Frau versteht, die sich schon ein halbes Jahr mit diesem Scheiß herumschlägt, während er ausgeht und sich in diese geschiedene Stinkerin verknallt. Sein qualvoller Tod ist ihr mittlerweile völlig schnuppe. Und während er sich auf dem Küchenboden in Krämpfen windet, sieht sie sich im Geist danebenstehen, ganz und gar golden im strahlenden Licht, und ihm die Zeile zurufen, die sie ihm schon längst an den Kopf werfen wollte: Dafür, dass du dich einen Dreck um die Kinder geschert hast! Dafür, dass du dich einen Dreck um die Kleine geschert hast! Und weiter würde sie zu ihm sagen: Ich schere mich um meine eigene Ehre, und kein Scheißkerl wie du wird sie in den Dreck ziehen.

Kein Wort über Schani, die vor vierundzwanzig Jahren im Schlaf gestorben ist. Kein Wort darüber, dass sie zu uns zurückkehrt, diesmal zu ihrer Zeit und an ihrem Ort. Davon wird sie ihm nichts sagen.

Sie bekommt eine Mordslust, das letzte Stück Käsekuchen zu verputzen, das sich im Kühlschrank verbirgt, mit viel Erdbeermarmelade, und auch die kleinen gefüllten Paprikas und die Suppe mit der Kubbe, die Gabis Mutter fürs morgige Mittagessen gekocht hat. Langsam und heimlich steht sie auf. Gabi scheint zu schlafen. Der Ärmste. Vielleicht Schlaftabletten? Es täte ihr doch leid, wenn er sich so winden müsste. Aber Schlaftabletten braucht man viele. Vielleicht könnte man sie gemahlen in einen Auflauf geben. Er isst keine Aufläufe. Und die Leiche? Die Gedanken an die Polizei und die Komplikationen und die Lügennot und die Ermittlungen und die Schande lassen die Mordpläne in der Versenkung verschwinden.

Geschwollene Lider, Hängebacken, Haarsträhnen in der Stirn – alles, was sich in der blanken Edelstahltür des Kühlschranks spiegelt, sorgt dafür, dass sie sich klein und idiotisch vorkommt, eine, die es nicht mal fertig bringt, ihren Mann zu ermorden. Total beschränkt. Die Schwäche und die Trockenheit im Mund drängen sie zu einer Tasse Schokotrunk für den Anfang. Soll sein beschissener Mercedes doch an eine Mauer knallen, flackert ein letzter Funken Rache auf, glimmt rot und verlischt.

Kalter Schokotrunk kühlt den Körper, ein Milchbad von innen. Was kümmert er sie überhaupt, er ernährt die Familie … sie macht, was sie will … Was will sie? Was will sie wirklich? Stufe für Stufe steigt sie zum Schlafzimmer hinauf, fädelt sich schwerfällig zwischen die Laken. Er schläft tatsächlich, wacht nicht mal auf, als sie die Decke herüberzieht. Sie kehrt ihm den Rücken zu, sein Schnarchen ist wie Öl in den Knochen, beruhigt sie. Der weiche Trikotstoff rutscht von ihrem Bauch, Wellen über Wellen hellblauen Stoffs rings um ihre Schwangerschaft. Sch…, es ist alles in Ordnung, sagt sie im Herzen zu ihrer Tochter, Schani, die sieben Monate bei ihnen gewesen und dann gestorben ist. Die versprochen hat wiederzukommen, wenn die Zeit reif wäre, wenn es ihr passte. Sie wird geradewegs in die alten Kleider geboren werden, die Jafit seit damals für sie aufgehoben hat. Hätte sie die Kraft, noch einmal aufzustehen, würde sie jetzt obendrein ein Glas Milch trinken. Wenn man in Ruhe mit ihm reden könnte, würde sie es ihm vielleicht verraten. Aber von allen Menschen der Erde trifft er sich nun gerade nicht mit seiner Frau. Obwohl sie im selben Haus wohnen, obwohl sie genau weiß, wie er seinen Kaffee mag und wie flüssig das Gelbe vom Spiegelei sein muss, hat er nicht das Gefühl, ihr was schuldig zu sein. Schnarcht so vor sich hin wie ein verschnupftes Baby, alle drei bis vier Atemzüge ein Schnarcher. Völlig regelmäßig, beruhigend. Später gehen die Schnarcher in normale schwere Atemzüge über.

Jafit lauscht. Es ist angenehm, solch monotoner Musik zu lauschen, die sich wiederholt, die Zeit in Minuten unterteilt, in halbe Minuten, alle halbe Minute eine Welle. Wer so schnarcht, wird nie und nimmer ausziehen. Wer so schnarcht, wird letzten Endes zur Ruhe kommen. Wird keiner solchen Stinkerin nachlaufen. So schnarcht nur einer, der sich in seinem Bett wohlfühlt wie in einem alten Filzhausschuh. Und sie, der alte Hausschuh, hat sogar ein bisschen Mitleid mit ihr, dieser Stinkerin. Ihr ist wohl in dem weichen, warmen Filz. Sie hält sich nicht bloß für einen ausgelatschten Pantoffel, sondern für eine Familienmutter.

Und wieder erhebt sich Jafit langsam und vorsichtig zu einem erneuten Gang in die Küche. Denn mittlerweile hat sie Lust auf was Salziges bekommen. Gabi dreht sich auf die andere Seite, wendet ihr das Gesicht zu, ihr scheint sogar, seine Hand taste, wolle sie umarmen, ihren Bauch streicheln. Wer im Schlaf liebt – der liebt. Jafit legt sich wieder hin, verzichtet auf einen Cracker mit Quark, der schon ihre Speicheldrüsen angeregt hat, drängt sich an seine Hand, die schwer auf dem Laken ruht, schmiegt sich an sie und legt seinen Arm um sich.

Das Brummen eines Bären im Winterschlaf. Tief, tief ist sein Schlaf. In ihren Träumen gibt es nur sie und Schani, die aus Eiswelten zurückgekehrt ist, deren Mutter sie aus der Ferne zurückgeholt hat … Sie hatte damals blau in ihrem Bettchen gelegen, und jetzt, bei ihrer Rückkehr in die Gebärmutter, ist sie gesund und stark. Du wirst niemals allein atmen, verspricht Jafit der Kleinen, die im Schlaf erstickt ist. Und in ihren Träumen sind sie immer zusammen, sie beide, unter einer goldenen Lichtglocke. Wohin verschwinden sie alle aus den Träumen – Gabi und sogar Moran und

Ejal und Ronen und Lilly, und Nana, die in der Küche liegt und auf den Boden sabbert? Er ist nicht in ihren Träumen, sie nicht in seinen.

Jafit wandelt im Traum mit der blau angelaufenen Schani, beide in dünnen weißen Kleidern, die Welt ist menschenleer, und beider Haar ist lang und dicht, Jafits blond gesträhnt, Schanis kupferrot. Es gibt keine Menschen auf der Welt, in der sie spazieren, aber die Welt besteht, ein Garten Eden voll unbewohnter Häuser mit komplettem Inventar. Wohin sind die Menschen allesamt verschwunden? Weg. Was ihnen gehört hat, gehört jetzt ihnen beiden. Die Schränke und die Schubladen und die Taschen und die Portemonnaies und die Schuhkartons und die Kleider und der Schmuck. Und sie beide können anprobieren und verwerfen, denn was sie noch erwartet, ist grenzenlos. Die ganze Welt gehört ihnen, und sie machen, was sie wollen, brauchen sich nicht zu beeilen, es ist alles da. Sie lösen die Schleifen alter Briefbündel, lesen Briefe untreuer Frauen und Männer, persönliche Tagebücher, Erinnerungen. Sie betrachten Fotoalben, durchstöbern Schubladen und Kästen, schweben durch ihre volle und entleerte Welt, wie die beiden Hirtinnen auf dem Gobelin, der bei ihrer Mutter in der Essecke gehangen hatte, in der längst schon verkauften kleinen Wohnung, deren Erlös unter den drei Erben aufgeteilt worden war, vierzigtausend Dollar pro Kopf.

35

Den bewussten Fick erwähnten sie nicht. Sie fanden ihre Wege, ihn zu umgehen. Und der bewusste Fick von damals fand immer wieder Wege, in die Gegenwart einzufließen. Die Beschäftigung mit Nadavis näher rückender Bar-Mizwa, derentwegen häufig die Zahl dreizehn fiel, war ihnen beiden unangenehm. Die Erinnerungen standen ihnen vor Augen. Bei ihm war es das wohlige Empfinden von Verlangen und Schuldgefühlen, und sie war, wie immer, wenn diese Sache aufkam, etwas unschlüssig in ihren Entscheidungen. Manchmal genoss sie es, den Schorf abzukratzen, die Wunde zu öffnen, von der sie gedacht hatte, sie werde nie verheilen, und prüfte sich selbst. Sagte sich im Stillen »dreizehn« und »Vergewaltigung« und »der erste Todestag«, sagte sogar »Waise«, oder »armes kleines Mädchen«. Und das machte sie traurig, aber nicht nur. Und gerade wenn sie »Frau« oder »Mutter« sagte, tat es ihr furchtbar weh.

Sie erinnert sich an den dünnen Strahl des kalten und braunen Wassers in der Dusche, an die rostige Schlauchöffnung, an die stockfleckige Decke, die tiefen Risse im Putz unter der blätternden Farbe. Nackter Betonboden. Ein Mädchenkörper, noch nicht entwickelt. Blutstropfen in den Wasserströmen, die ihr über Schenkel und Fesseln fließen, den vollen Abfluss umwirbeln. Rasierwasserflaschen, ein großer Spiegel, etliche Deodorants und ein kleiner Kamm.

Schwaches rotes Licht drang vom Nebenzimmer herein. Man hörte, dass Vorbereitungen getroffen wurden. Er schüttelte die Laken aus. Das brach ihr das Herz, dass er die Laken ausschüttelte, dass ihm Ordnung und Sauberkeit wichtiger waren. Sie wollte, dass er vor ihr auf die Knie fiel, ihr versprach, sie zur Frau zu nehmen … Wieso das denn nun. Sie wollte es vergessen, so tun, als sei es nie geschehen. Er fragte: »Alles in Ordnung?« Doch nichts war in Ordnung. Für wen hielt er sich denn? Für wen wohl? Wie konnte er es wagen? Was hatte er sich denn gedacht – dass sie heulen würde?

Alles schmerzte im Innern. Die rosa Zeiger, die beiden Arme des rosa Panthers auf dem Ziffernblatt des Weckers, den Vater ihr aus Amerika mitgebracht hatte, lösten sich von der Achse und schwammen im Wasser, das das Ziffernblatt überflutete. Der Wecker sah aus wie ein Schwimmbad. Die Uhr war dahin. Gut, dass der Vater tot war. Schade, dass nicht auch die Mutter …

36

»Erwache erstarke Mensch« stand in roten Druckbuchstaben quer über die Anschlagtafel im Geschäftszentrum gesprayt. »Erwache erstarke Mensch«, aus dem Refrain der Internationale in Schlonskis hebräischer Übersetzung, und Sarah Gabrieli, die langsamen Schrittes den marmorgefliesten Vorplatz zur Ladenzeile überquerte, hielt einen Augenblick inne. »Erwache erstarke Mensch«, als wären »erwachen« und »erstarken« ein und dasselbe Tätigkeitswort, gewissermaßen eine fortlaufende existenzielle Tätigkeit, von gänzlich anderer Bedeutung als jedes ihrer Einzelglieder. Sie hätte sogar einen Bindestrich gesetzt, »erwache-erstarke«: ein Erwachen, das in Erstarken enden würde, und die klare Luft machte ihr Hoffnung, dass vielleicht wahrhaft endlich etwas erwachen und erstarken würde. Es wurde Zeit. Die ersten Zeilen von Saul Tschernichowskis altvertrautem Lied *»Sachki, sachki«* – »Lache, lache«, summten ihr im Kopf, eine weiche aschkenasische Weise. Das »Erwache erstarke« passte absolut nicht dazu. Sarah Gabrieli studierte die zahlreichen Anzeigen – »Erfahrene Tagesmutter, mit Erfahrung und Referenzen …«, »Wir betrauern das Ableben unseres geliebten …«, »Wegen Geschäftsaufgabe die besten Designer und Labels zu Selbstmordpreisen …« –, und ihr Blick fiel von allein wieder auf den roten Schriftzug. »Erwache erstarke Mensch« hatte ein junger Revolutionär mitten in der Nacht hingesprayt und Hoffnung entzündet.

»Das hat uns gerade noch gefehlt«, grummelte Schimon Golans Frau vor sich hin, als sie an dem Graffito vorbeikam, das bei ihr keinerlei Erinnerungen weckte, und betrat das Café. Neunundzwanzig Jahre alt, wusste vielleicht nicht mal, wer Stalin war, fortgeschrittene Schwangerschaft, große, schlanke Figur, gut erhalten. Schimon Golan, ihr Mann, ein brillanter Geschäftsunternehmer, erhob sich gewandt, rückte ihr den Stuhl zurecht. Er war sechzig Jahre alt, und sein ganzes Verhalten war väterlich, aber er achtete auf einen jugendlichen Lebensrhythmus. »Dieser Mann«, hatte Gabi Jafit erklärt, als er ihr noch dies und das erläuterte – gar nicht so lange her, ehrlich gesagt, vor ein paar Monaten –, »dieser Mann macht sein ganzes Geld mit einem Telefonverzeichnis, das er sich in seinen Jahren als Generaldirektor im Infrastrukturministerium verdient hat.«

Golans Hand ruhte sanft auf der bloßen, runden Schulter seiner Frau. Der zufriedene männliche Blick tat was für ihn. Er wirkte nicht älter als fünfzig in gutem Zustand. Von ihrem Sitzplatz an einem Ecktisch nahe der Trennscheibe konnte Jafit bestens sehen, ohne jedoch zu hören, was gesprochen wurde. Sie hatten erst vor drei Monaten geheiratet, vermutlich wegen der Schwangerschaft. Im ersten Moment waren sie dem Hochzeitsfotografen, der schon alles Mögliche gesehen hatte, wie ein junges Paar vorgekommen, doch als er das Brautpaar neben die drei Söhne des Bräutigams aus erster Ehe stellte, dämmerte ihm, dass wohl alles seinen Preis hatte.

Wenn sie fünfzig war, würde er achtzig sein, und als Jafit die letzten Krümel Karottenkuchen in den Mund schob und den letzten Schluck frisch gepressten Orangensaft trank, sah sie im Geist Schimon Golans Frau einen alten Mann am Tropf im Rollstuhl schieben. Vorerst wohnten sie zur Miete, suchten dringend ein Grundstück. Hätte Jafit sich beim Gehen dem Ladengang zugewandt, wäre sie überrascht gewesen, Schraga Livni vor der Anschlagtafel stehen und laut lachen zu sehen. Sein Lachen erstarb, als er Frau Sarah Gabrieli aus dem Supermarkt kommen sah, in der Einkaufstasche Knabberzeug und Süßigkeiten, die nun das Mittagessen mit Nadavi nach der Schule ersetzten. Er wollte ihr einige deutliche Worte an den Kopf werfen, doch stattdessen kam ihm der Satz: »Die Internationale in Sodom.«

Doch Jafit wandte sich nach rechts, um heimzugehen. Unterwegs begegnete sie schmalen, schwangeren Exmodels, verheiratet mit Diamantenhändlern, High-Tech-Bossen, Clubbesitzern, Immobilienunternehmern, die in Osteuropa, in Miami, in Tel Aviv tätig waren. Einige grüßten sie mit flüchtigem Lächeln, das sie mit einem Nicken erwiderte. Sie wäre gern auf einen Schwatz stehen geblieben, aber sie hatten es alle so eilig. Liefen zur Bank, zur gemeinsamen Eltern-Kind-Beschäftigung, zum Fitnesscenter, zum Wocheneinkauf, einer raschen Pediküre. Sie gingen abends aus, verbrachten das Wochenende in hübschen Privatzimmern, machten am Schabbat einen Familienausflug, hatten versprochen, die Steaks für die Grillparty zu besorgen.

Jafit beobachtete sie, diese jungen Frauen, die aussahen wie bunte Barbiepuppen, die Papa und Mama oder Teeparty spielten, im achten Monat aus hohen Geländewagen hüpften, in Leggings und knappen bauchfreien Tops herumliefen, gerade erst ein paar Tausender in dem Kinderbekleidungsgeschäft gelassen hatten, in dem Totalausverkauf war. All das kam ihr unecht vor. Nicht wie das reale Leben. Einen Moment meinte sie, gerade der Umstand, dass ihr Mann eine andere Frau fickte, verleihe ihrem Leben Wert. »Solange er keine andere ernährt …«, kam ihr überraschend eine allgemeingültige Regel in den Sinn. »Solange er keine andere ernährt!« Und von Minute zu Minute wurde ihr klarer, dass sie tatsächlich ein treffendes Kriterium formuliert hatte, das ihre Forderungen genau auf den Punkt brachte. Ein neuer Golf, verziert mit einer rosa Schleife, fuhr an ihr vorüber, als sie die Hauptstraße überquerte.

Hilali hätte sich Sorgen machen können – sie hatten vereinbart, dass er um neun Uhr bei ihr wäre, und es war bereits halb elf –, aber Hilali gehörte nicht zu den Sorgenden, sie gehörte zu den Beleidigten. Wie lange konnte man denn warten? Einen Augenblick huschte ihr der Gedanke an etwas Unvorhergesehenes durch den Kopf, aber er zählte nicht zu denen, die in Schwierigkeiten gerieten, sondern zu denen, die ihre, Hilalis, Zeit gering schätzten. Missverständnisse dieser Art erzeugten manchmal Spannungen zwischen ihnen. Was dachte er sich denn wohl – dass er sie aushielt? Sie hatte ein Kind zu ernähren. Als hätte sie ihren beruflichen Aufschwung nicht ihm zu verdanken. Zu ihren Gunsten sei gesagt, dass jeder, der ihr eine Tür aufmachte, es nicht zu bereuen brauchte.

Schade, dass man sie nicht bloß ficken kann, hatte Gabi sinniert, als er an diesem Morgen die Augen aufschlug. Zu dem Gedanken an den Morgenfick gesellte sich der Einfall, ihr etwas Teures zu kaufen. Und deshalb landete er wenige Stunden später, um halb elf Uhr morgens, in einem weinroten Golf, verziert mit einer rosa Schleife, in der Parkbucht vor ihrem Haus. Wie hatte doch am Anschlagbrett gestanden: »Erwache erstarke Mensch«.

Siebter Teil

CHERCHEZ LA FEMME

37

Schlag auf Schlag werden die Grundstücke frei, als grassiere eine tödliche Pest. Rudi Gross, der 1933 bei Hakoah Wien österreichischer Tennischampion gewesen war und in seiner Jugend noch dem großen Zionisten Max Nordau die Hand hatte schütteln können, ließ seine Lider langsam zufallen. »Die Sonne ist von den Baumwipfeln gewichen«, summte er, und mit diesem Schabbatlied wurden ihm die Lider so schwer. Ein Sabbat von einst schwebte herein. Raschelnde Kleider, ein Klavier, weiches goldenes Licht, und aus dem Licht tritt Dora – kurzes Haar, bloßer Hals, Atheistin, die sich kurz noch taufen ließ, ehe sie Kommunistin wurde. Rudis Zähne bissen in einen kandierten Apfel, sein Körper hüllte sich in einen Mantel frostiger Luft, die Augen schweiften über grüne Hänge … Eine letzte Postkarte, bevor sie einen jüdischen Dramaturgen heiratete. Wer weiß, was danach war.

Die wertvollen Pokale und Medaillen hatte Rudi dem Sportzentrum vermacht. Zwei Glasschränkchen von Ikea, vierhundertsiebenunddreißig Schekel pro Stück. Restpostenpreis.

Schraga und Nechama Livni waren fast fertig zum Gehen, doch Nechama fiel wie üblich alle Augenblicke noch eine Kleinigkeit ein, etwas, das sie im Zuge des geheimnisvollen Tauschhandels unter ihren Freundinnen jemandem versprochen hatte – ein Zeitungsausschnitt gegen eine elastische Binde, eine gespülte Kuchenform gegen ein Prospekt von einem Vitaminpräparat, ein irres Ding zum Verschließen von Plastikbeuteln, eine schmerzlindernde Rückenbinde, leere Plastikdosen.

»Sie ist von ihren Leiden erlöst«, sagt Schraga, sei es zu aller Welt, sei es zu sich selbst. Nechama steht mit ihren beiden Taschen abmarschbereit. All diese Fragen interessieren sie nicht, denn diese Dinge entziehen sich ihrem Einfluss. Sie ist gestorben. Schlicht und einfach. »Einen Moment«, fällt Nechama plötzlich noch etwas ein, Schraga hat schon den Motor angelassen. »Einen Moment, wir sollten Kopfbedeckungen mitnehmen. Es gibt dort kein bisschen Schatten, auf dem Friedhof.«

Frau Tavor ist gestorben. Kommt neben ihren Mann, Oberstleutnant Aharon Tavor, in den siebziger Jahren der stolze Sekretär des Verteidigungsministers und dessen rechte Hand. Schraga gelang es nicht, ihn sich in seiner Glanzzeit in Erinnerung zu rufen, konnte sich überhaupt nicht an seine Gestalt erinnern, nur an das Bild der Frau Tavor in der Bank, als sie sich mühsam wieder fasste und zu dem Schalterbeamten sagte: »Dann geben Sie mir bitte tausend Schekel.«

»Na, war's das jetzt? Können wir endlich losfahren? Hast du die Tür abgeschlossen?« Sie weiß es nicht, sie ist sich nicht sicher. Was sind das jetzt überhaupt für Fragen. Noch einen Moment. Schraga weiß, noch einen Moment, das sind mindestens noch zehn Minuten.

Bungalows schießen reihenweise aus dem Boden wie

Pilze nach dem Regen, legen sich Ring auf Ring um die Wohnsiedlung. Die Angehörigen der zweiten Generation, etwa in Hilalis Alter, verkaufen die Grundstücke. Das reicht in diesen neuen Ringsiedlungen im Allgemeinen für zwei Bungalows, und im Fall eines besonders großen Grundstücks für drei. Die Wohnungen, die die Eltern sich für später mal in benachbarten Häusern gekauft hatten, waren schon Ende der Achtziger wieder veräußert worden. Die Kinder hatten sich geräumige Gartenwohnungen in Hod Ha-Scharon oder in Givataim zugelegt, waren gut etabliert. Die Große, nicht zu glauben, ist schon Soldatin, der kleine Nachzügler ist drei, dazwischen gibt's noch ein paar Kinder, jedes braucht sein eigenes Zimmer. Und auf der Bank liegen knapp eine Million Dollar, die wie ein reifer Apfel vom Baum gefallen sind – die Erbschaft. Sie kaufen einen Bungalow, man lebt ja nur einmal. Beneidet Hilali sie? Klar, keine Frage.

Aus viermal die Woche sind dreimal geworden. Noam Kesselmann hat die Reifeprüfung bestanden, Michal Sahar eine neue Stelle gefunden. Keiner lugt ins Fenster, keiner zählt, aber Hilali ahnt – das Ende naht. Und sie weiß nicht, soll sie es bedauern oder begrüßen. Jedes Unglück hat ein Glück im Schoß, jedes Glück ein Unglück, jede Lebenslage hat ihre Vor- und Nachteile. Die Geburt rückt näher. Plötzlich erzählt er ihr von einer gewissen Schani, dem Baby, das sie mal hatten, das in der Krippe gestorben ist.

Hilali möchte auch ein Kind, will keine Geschenke. Gabi bringt Geschenke. Geschenke, die viel Geld wert sind. Einen iPod, ein neues Handy, einen Laptop, Fußballschuhe, mit Stollen, für Nadavi. Auch ihr bringt er Geschenke, einen Brillantring, eine Cartier-Uhr. Die wird sie zu gegebener Zeit alle verkaufen, mitsamt dem neuen Golf und den Dollarbündeln, wenn sie geht.

38

Früher waren andere Zeiten. Man sprach von Interesse, sagte, wer Interesse am Leben hat, ist ein glücklicher Mensch, und vergaß, die Gesundheit auch nur am Rand zu erwähnen, denn das Land strotzte vor Gesundheit. Und man konnte sich in das Eukalyptuswäldchen zurückziehen und Reisig sammeln und ein Lagerfeuer entzünden und darin ausgiebig Kartoffeln rösten und voll mit Sand und Ruß heimkommen und eine Ohrfeige einstecken und duschen gehen und einen Pyjama mit Seepferdchenmuster, den Vater aus Amerika mitgebracht hatte, oder ein Nachthemd von Marks & Spencer anziehen und mit frisch gewaschenem Haar, das nach Kiefernnadeln duftete, ins Bett gehen – manchmal brauchte es dazu eine zweite Ohrfeige – und dort über Kinder lesen, die Waisen- oder Heim- oder Findelkinder waren, Schwefelhölzer verkauften, oder von Schornsteinfegern und kleinen Dieben, die vom Schullehrer was mit dem Rohrstock bekamen und Wasserkinder wurden und mit Nixen schwammen und plötzlich Adelstitel und riesige Erbschaften erhielten, die ihnen die Fuchs- und Fasanenjagd in ganz England gestatteten, ihnen und ihren Kindern und Kindeskindern bis in alle Ewigkeit.

Mosche Dayan ließ sich scheiden. Es hieß, jede Frau müsse einen Beruf haben, unabhängig sein, aber die Familien waren stabil, und unter Freunden sagte man: »*Cherchez la femme*« oder: »Hat er alles seiner Frau zu verdanken.« Sie war doch gerade erst noch im Pyjama erschienen, um Gute Nacht zu sagen und zu gucken, wer diesmal zu den Gästen zählte, und alle bewunderten ihre Schönheit und beeilten sich hinzuzufügen: »*Nischt kein* böser Blick« – und im nächsten Augenblick hatten sie sich in alle Winde zerstreut, sogar die Kibbuzniks, die schallend lachten, obwohl sie schon einsahen, dass ihre jugendliche Begeisterung fürs genossenschaftliche Landleben sie teuer zu stehen kam, alles ein großer Irrtum gewesen war. Und auch die, die sich in verlassenen arabischen Häusern oder in Wohnsiedlungen für Berufssoldaten niedergelassen hatten, lächelten, denn sie wussten, sie hatten das Geschäft ihres Lebens gemacht.

Geld war kein Thema. Gelegentlich redete man vom Einkommen. Und ein Einkommen bemisst sich nicht in Zahlen, nicht so wie die siebenhunderttausend Dollar, was eine Zahl ist, wenn auch eine runde. Und Hilali rechnet und rechnet. Vielleicht sollte sie die Summe aufteilen, für eine Mietwohnung und den Rest in Aktien, und sie weiß, man muss bei einer Aktie bleiben, der man vertraut, aber Gabi Chayek glaubt nicht an die Börse, er glaubt an Immobilien. Und Hilali rechnet und rechnet und erkennt, dass nichts anderes übrig bleibt, als hunderttausend Dollar zu leihen und drei kleine Wohnungen zum Vermieten zu kaufen und einmal im Monat die Mieter abzuklappern und die Schecks begierig einzukassieren und die Hypothek zu tilgen und eine Frau mit Vermögen zu werden. Ihr Leben wird normal weitergehen, nur ist normal »mit« nicht mit normal »ohne« zu vergleichen.

Gabi, der zu zweimal pro Woche übergegangen ist, hat versprochen, über die Idee nachzudenken, hat das Gefühl, man erwarte von ihm, elegant mal hunderttausend Dollar zu zücken. Er mag es nicht, wenn man ihm auf der Tasche liegt. Ihn beschleicht der Verdacht, dass seine Geschenke falsch verstanden wurden und Erwartungen auf regelmäßigen Unterhalt geweckt haben. Manchmal scheint ihm, sie sei darauf aus, ein Kind zu bekommen, ihn in die Verantwortung zu nehmen, und ihn belastet die Sorge, sie könnte von ihm verlangen, dass er zu Hause auszieht. Sie wird von Tag zu Tag weiblicher, weiblich im Sinne von begierig, reif, hungrig, gefräßig, hilflos. Die einstige Schönheit verblasst und macht einer anderen Schönheit Platz. Kann man dünne, erschlaffende Haut schön nennen? In Hilalis Augen ja.

Sarah sieht alles. Sieht es und schweigt. Kuschelt sich in den Mutterschoß des betreuten Wohnens. Sieht das Schild *Totalausverkauf* am Geschäft für Kinderkleidung, sieht die hellblauen Schilder, die an Einfriedungen aus heimischem Kalkstandstein genagelt wurden, verfolgt gar nicht mehr, wer weggezogen und wer gestorben und wer ins Krankenhaus gekommen ist. Sarah sieht alles, sagt aber nichts. Sie sieht, dass ihre Tochter sich weiblicher Schichten entledigt. Sie sieht, dass Nadavi sich ihren Küssen entzieht, die Alte-Leute-Geruch an sich haben. Sie erinnert sich, dass um neunzehn Uhr ein besonderer Vortrag im Hauptsaal stattfindet und dass sie aufstehen und sich anziehen müsste, aber in dem braunen Sessel sitzt es sich weich und gemütlich, die Glieder sind zu schwer, um sich in Bewegung zu setzen, jedenfalls in Richtung eines Vortrags über die Geheimnisse der richtigen Ernährung und die Wunderwerke des Brokkoli – bist du das, Josef, der da oben auf Flügeln schwebt? –, und stattdessen macht sie sich einen Toast mit Butter und zwei Scheiben Schnittkäse. Sie achtet nicht mehr auf Diät. Das Denken an den Körper geht auf den Geist, und so stirbt man letzten Endes. Ein grauer und hässlicher Falter umkreist die Lampe. Ein Schmetterling, aber ein grauer.

39

Jafits Körper feiert seinen Sieg. Ein schwangerer Körper, schwergewichtig, und doch geht der regelmäßige Morgenspaziergang leichten Schritts vonstatten. Dick und leicht geht sie durch die Straßen, trifft diese oder jene, hält inne, um mit einer anderen zu plaudern. Alle Frauen wissen, dass sie Chayeks Ehefrau ist, alle bleiben stehen, um ein paar Worte mit ihr zu wechseln, alle begreifen, dass er ihr Ehemann ist, obwohl er fremdgeht, womöglich sogar mit ihnen persönlich bei irgendeiner unrühmlichen Gelegenheit. Ungeliebt, aber stabil trinkt Jafit ihren Orangensaft in einem Zug aus, verputzt das Stück Karottenkuchen. Da beruhigt sich auch Schani, die hungrig gewesen ist. Vor ihrer Geburt schon hat sie die Illusionen über die Liebe aufgegeben. Es waren Zeiten der Liebe, als sie erstickte.

Der Morgenspaziergang zahlt sich aus. Jafit schlüpft wieder in das weibliche Netzwerk der Wohnsiedlung, dieses zarte und tröstende Gespinst, das die ehrlichen Sorgen der Mütter in die weiche Federwolke uralter mütterlicher Erfahrung bettet, dieses jahrtausendealte Wissen, das in ihren Adern fließt, von der Mutter an die Tochter weitergegeben wird, durch Generationen von Frauen, über Millionen von Kindern, die zu ihrer Zeit erbrachen oder ihre Suppe nicht aßen oder keine Minute an ihren Hausaufgaben saßen oder dauernd herumrannten.

Marina Katzmann-Nevo, die Königin der Frauenzeitschriften, hat die Frauen zum Five o'Clock eingeladen. Eine Mini-Einweihungsparty, denn immerhin haben sie und ihr dritter Mann die sechsmonatige Renovierung abgeschlossen, eine Liebesgabe für Marina, im Grundbuch aber auf seinen Namen eingetragen. Das alte Haus ist nicht wiederzuerkennen in dem griechischen Anstrich, den man ihm verpasst hat: Der Putz ist abgeklopft, hat Silikatsteine zum Vorschein gebracht, die Fensterrahmen sind nun hellblau, die Türen senfgelb gestrichen, und die Küche – blanker Edelstahl aus Deutschland – ist voll mit Kupferkesseln und Eisentöpfen und Gurkengläsern, mit allerlei Mehl- und Getreidesorten, Schnüren von Knoblauchknollen und Pfefferschoten und Kornähren, passend für die Dame des Hauses, deren natriumkarbonatgetränkten Geheimnissen kein Fleck zu widerstehen vermag. »Na was denn?«, empfängt sie die Ankommenden kokett, »dürfen sich etwa nur die Männer amüsieren?«

Man hatte Schieferboden über die alten Fliesen verlegt, Perserteppiche ausgerollt, sie mit weichen Sofas und Liegen bestückt, alle auf die Küche ausgerichtet, die wiederum ganz auf sie zurückblickt. Auch der Garten schaut – durch die Wand, die ganz aus hohen Fenstern besteht – hinein zu ihr, zum Mittelpunkt des Hauses, der Küche. Fröhlich in ihren Steintöpfen wachsende Kräuter strecken ihre zahlreichen Stängel durch die Gitterstäbe, begierig, schon bald in irgendeinem leckeren Gericht zu brodeln.

Der Rasen ist mit römischen Liegen übersät. Das Licht – sanfter Abendschein. Duftkerzen entsenden mit tanzenden Flammen feine Lavendelwellen, die den Gestank der Kompostgrube überdecken. Dan und Pnina Kahana, die langsam auf der Straße vorüberspazieren, beobachten staunend, wie die bildschöne Milly Peckelmann mit einem Landrover geschickt in eine enge Parklücke gleitet. »Sollen sie ihren Geist aushauchen«, murmeln Pninas Lippen. »Solche Landrover haben wir damals von der britischen Armee geerbt«, setzt Dan hinzu, sei es als Erwiderung oder nicht. Und Marina selbst, ausstaffiert mit einem weißen Sari und einem Pfund Botox, küsst die Ankommenden leicht auf beide Wangen, auch Jafit, wie unter uns Polinnen üblich. Jafit ist keine Polin, aber das macht nichts.

»Keiner, nicht mal ein bulliger Geheimdienstagent, äh, äh, könnte mir das Geständnis abpressen, dass du eine Mutter von fünf Kindern bist«, überfällt Marina Milly Peckelmann, die in hautengen Jeans Größe 34 am Eingang erscheint. Auf einer der römischen Liegen wechselt Jafit die Position – schmal ist die Polsterauflage und breit ihr Leib. Ein knackiger junger Mann mit entblößtem Oberkörper füllt den erhobenen Kelch mit kühlem Dom Pérignon. Ein anderer kniet ihr zu Füßen, um ihr einen Spieß mit Shrimps anzubieten, die kurz in aromatische Soße getaucht worden sind. Jafit kann ein leises Schmatzen, ein begeistertes Wimpernzucken nicht unterdrücken.

Marina bittet um einen Moment Ruhe, nur um bekannt zu geben, dass unser Chef heute Tomer Schva vom Restaurant Mare im Hafen ist. Beifallklatschen lockt Tomer aus der Küche, im eng anliegenden weißen Trikothemd über dem flachen, muskulösen Bauch. Sonnengebräunt und vielversprechend verbeugt er sich bescheiden vor der anwesenden Damenwelt. »Das ist erst der Auftakt«, sagt er mit verheißungsvollem Unterton. Die Gäste begeben sich an die Küchentheke: *»What's cooking?«* Unterdessen werfen sie Tomer Schva einen begehrlichen Blick zu. Messerwetzen, fliegende Hände. Dem Backofen entsteigt Fleischgeruch.

Auf den hervorragenden Sekt folgt Weißwein. Der Kreislauf wird angeregt, die Glieder sind träge. Jafit liegt wie hingegossen auf dem Rücken, und in ihrem Bauch wiegt sich Schani, ihren zarten Hungergefühlen hingegeben. Zwei Kellner tragen eine edle Gaskochplatte zu der steinernen Fläche am Rand des Rasens. Tomer Schva jongliert atemberaubend mit Meeresfrüchten und Fischwürfeln in einer glühend heißen gusseisernen Pfanne, streut eine geheimnisvolle Kräutermischung darüber, und alle paar Minuten schickt er seine halb nackten Engel mit vollen Tabletts auf eine Runde zwischen den Liegen.

»Ein kulinarisches Kunstwerk«, ruft Marina bewundernd. Sie wirkt leicht angesäuselt, sucht nach einem flüchtigen Anlehnungspunkt. Findet prompt einen Kellner mit entblößtem Oberkörper, der sie einladend umarmt.

Tomer Schva streift das T-Shirt ab, entblößt seinen Waschbrettbauch und seine muskulösen Arme vor aller Augen, und alles, was eben noch zartes Versprechen war, schimmert jetzt wie ferne, verlorene Schönheit. Für Marina dreht sich die Welt, ein angenehmes, traumhaftes Schwindelgefühl. Sie verlässt den Anlehnungspunkt, den der Kellner Jaron ihr mit seiner spontanen Umarmung geboten hat, und steuert Tomer, den knackigen Chef, an. Sie legt ihm die gepflegte Hand auf den Bauch, spreizt die künstlichen Nägel, die je ein winziger Weintraubenaufkleber ziert. »Ihr müsst doch zugeben, dass er ein Lieber ist«, ruft sie, als könne eine der Hingegossenen ihr ernstlich widersprechen wollen. Was ist denn dabei, denkt sie sich, sie zahlt ja. Tomer Schvas Muskeln heben und senken sich im Takt seines beschleunigten, erhitzten Atems. Den Frauen läuft ein erwartungsvoller Schauder über den Rücken. Tomer Schva führt ein weiteres Glas Sekt an die Lippen. Über die Shrimps streut er eine Prise Safran und eine Spur, wirklich nur eine Spur, erdiger Trüffel. Erde, Wasser, Feuer und Luft – alle in einer Eisenpfanne vereint. Genüssliche Seufzer erfüllen die Luft.

Aus der Küche kommen vier Kellner mit Modelfigur in freizügigen Togen, auf den muskulösen, kräftigen Schultern Silbertabletts mit prachtvollen Rinderfilets erster Qualität. Tomer Schva schneidet mit seinem scharfen Kochmesser hübsche, dünne, blutige Scheiben, und die Frauen stürzen sich auf ihn und seine Kellner, die Münder von rotem Fleischsaft triefend, eine Scheibe Roastbeef auf der Zunge, und jeder Bissen gebiert Seufzen und Schluchzen, o wie gut …

Artischockenherzen gefüllt mit einem Püree aus Jerusalemartischocken und Ziegenkäse, purpurner und vollmundiger Cabernet Sauvignon, Spinatravioli in Butter mit einer Spur, immer nur einer Spur, Muskatnuss. Kleine Champignons randvoll mit Ratatouille aus Wurzelgemüse in französischer Ziegenbutter, noch mehr Scheiben vom blutroten Fleisch … Nach und nach senkt sich die Dunkelheit herab, der Genuss schrumpft in sich zusammen, starrt glasig und träge aus leeren Augen. Gegen sieben Uhr raffen die Ersten sich auf, erinnern sich, dass sie ein Zuhause haben, womit sie natürlich allen den Spaß verderben, auch denjenigen, die die traumhaft üppige Zeit gern noch etwas verlängert hätten. In diesem Moment hört man einen lauten Hickser. Weitere Frauen erheben sich von den Liegen. Lachausbrüche, Klatschfünkchen, »nein das Kind ist nicht von ihm!«. Die Eiligen streben der Tür zu, um sich zu verabschieden, überhäufen Marinas stark geschminkte Wangen mit Küssen. Sie sieht aus, als wäre Mitternacht längst vorüber. Freut sich bereits auf den Trainingsanzug. Na, los, sollen sie sich doch endlich anziehen, denkt Jafit mit angewidertem Blick auf die halb nackten Kellner. Die servieren den letzten Gästen Espresso und himmlische Petit Fours. Tomer Schva schlüpft in eine schwarze Lederjacke, schwingt sich auf sein Motorrad, braust in die Ferne, zu seinem aufregenden Leben.

Die Kellner legen die Togen ab, ziehen Jeans und T-Shirts an, räumen das schmutzige Geschirr zurück in die grünen Plastikwannen, stapeln die Wannen zu einem hässlichen Turm im schmalen Durchgang zwischen Vorgarten und Hof. Dort wuchern die Oleandersträucher, reckt der Hibiskus seine Zweige. Die rostigen alten Wäschestangen, auf deren Drahtleinen noch Lumpen aus der Zeit der Vorbesitzer hängen, atmen erleichtert auf. Ein letzter Kellner verscheucht eine Katze.

40

Das letzte Haus in der Schimschons-Füchse-Straße ist abgerissen und zu feinem Staub zermahlen. Hilali weiß es, macht jedoch einen Bogen darum, um es nicht mal flüchtig aus den Augenwinkeln zu erwischen, von wegen: Man weiß es zwar, übersieht es aber. Hilali hat längst erkannt, was abläuft, doch wenn es einen persönlich berührt, tut einem alles weh. Sie kommt einfach nicht daran vorbei. Falls nötig, macht sie einen Umweg, der manchmal erheblich ausfällt, denn sie verzichtet damit auf die südliche Einfahrt in die Siedlung und den oft kürzesten Ausweg aus dem Stau. Überhaupt meidet sie so weit wie möglich das Geschäftszentrum, die Bankfiliale, das Postamt, erledigt ihre Einkäufe und Besorgungen anderswo. Die ganze Situation ist unbefriedigend. Es passt ihr nicht, dass er ein- bis zweimal die Woche kommt, die Klamotten auszieht – und ab in die Laken, wie nichts. Als wohnte ihre Mutter nicht im betreuten Wohnen, als hätte man ihr Haus nicht abgerissen, als würde die Kompostgrube der Schwebels nicht stinken, als vergeudeten er und seine Frau nicht literweise Benzin, viermal so viel wie jedes normale Auto verbraucht, als hätte sie nachts nicht geträumt, sie wäre ein Reh, das vor eines Jägers Pfeilen floh, als verbände sie überhaupt etwas, diese beiden, die sich einen Moment begegnet waren, er im Aufstieg und sie im Abstieg.

Das Kinderbekleidungsgeschäft hat mittlerweile zugemacht, die Trennwand zwischen Herrn Glücks Geschäft und Mordechais Delikatessenladen wurde eingerissen, sodass ein zum Genießen und Verwöhnen einladender Raum von zweihundert Quadratmetern entstanden ist. Echter Holzboden – Holzdielen, kein Parkett –, eine Sitzecke mit Bar, gut bestückt mit edlen Getränken und Zigarren, alles inklusive. Behandlungsliegen mit Gardinenhimmel, eine trockene und eine feuchte Sauna, und wenn die alternative Masseurin sich ein bisschen niederbeugt, kitzeln ihre Nippel einem den Rücken. Es gibt eine Sekretärin, die jedoch nicht gleichzeitig Empfangsdame ist, denn die gibt es extra, eigens ausgewählt, weil sie sehr, sehr angenehm ist, angenehm auf die lustvoll suggestive Weise, angenehm wie eine Verheißung. Hielte sich nicht der Schuhmacher noch in seiner alten Nische hinter dem Supermarkt, könnte man meinen, es gäbe keine Grundbedürfnisse auf der Welt: Bedürfnisse wie durchgelaufene Schuhsohlen, zerrissene Schnürsenkel oder ein verklemmter Reißverschluss. Ein neuer Menschenschlag hat sich allenthalben durchgesetzt – als Mann und Frau schuf er sie –, ein Menschenschlag, dem Genießen ein Grundbedürfnis ist, das Flicken von Schuhen aber nicht.

Chetz ist weg und verschwunden, einen Tag, zwei, drei. Schraga weiß, er ist in seinen Tod geflüchtet, welche Noblesse … Auch Schraga hatte mal noble Gedanken. Früher mal, ist noch nicht lange her, gar nicht lange, vor ein paar Monaten, an einem Schabbatnachmittag. Die Frühlingssonne tanzte zwischen Kiefernnadeln, die der Regen vom Staub reingewaschen hatte. Sie saßen im Garten, Söhne, Schwiegertöchter und Enkel. Mordi, der Bauch und Doppelkinn angesetzt hat, öffnete den obersten Knopf seiner Hose, die zu platzen drohte. Und angesichts all des Alters und Siechtums ringsum war Schraga plötzlich aufgestanden und hatte die Pistole erwähnt, die Pistole in seiner Schreibtischschublade, die Beretta. Etwas zwischen Drohung und unausgesprochener Verheißung hatte in seiner Stimme gelegen, deutlich hörbar für alle, ja durchaus. Danach hatte Schraga sich wieder auf seinen Stuhl gesetzt und den Anwesenden einen prüfenden Blick zugeworfen. Mordi grinste. Nur die Schwiegertöchter bemühten sich höflichkeitshalber, besorgte Mienen aufzusetzen. Die Enkel, die mit einem Ball auf dem Rasen herumtollten, dachten sich, er solle mal nicht drohen. Und die Söhne, was kümmerte es die wohl … Gleichgültigkeit, das war es, was er in ihren Augen las. Jeder hat sein Los, jeder seine eigenen Sorgen, als flösse nicht dasselbe Blut in ihren Adern.

Schraga saß da und registrierte die ätzende Gleichgültigkeit, die seine Angehörigen ihm entgegenbrachten, und ein verirrter Satzfetzen steckte ihm in der Kehle. Saß fest, ließ sich weder schlucken noch ausspucken. Aber gerade deswegen, warum es aussprechen? Doch warum eigentlich nicht? Warum diesen stumpfen Menschen nicht sagen, dass sie, genau sie seine Familie sind, warum diesem Verein von Deppen nicht sagen, dass er sehr, sehr gern leben möchte? Ihretwegen leben möchte, für sie, neben ihnen. Leben, um zu wissen, was wird, wie ihr Schicksal aussieht. Auch einfach nur so, um weiterzuleben, sogar ohne das Recht, etwas anzumerken, da zu sein wie ein Stein, wie ein Baum, um zu wissen, ohne zu schauen.

Zwischen den anderen war ein reges Gespräch im Gang, als sei kein Wort von einer Pistole gefallen und niemand habe Gedanken gewälzt. Mordi und Schauli wollten eine Motorradtour in den Balkan anbieten. »In den Balkan«, fragte Nechama verwundert, »wer will denn wohl per Motorrad in den Balkan reisen?« »Du wirst dich wundern«, antwortete ihr Mordi, als könne er noch nicht all seine Informationen preisgeben. »Was gibt's denn da?«, fragte sie. »Du wirst dich wundern«, wiederholte Mordi, »da gibt's was zu sehen!«

Von Tag zu Tag wurden seine Tage weniger, die Luft, die er atmete, füllte sich mit Albernheiten, es war, als verkehrten sich Himmel und Erde und alles versinke in komplettem Tohuwabohu. Ein *Luftgeschäft*. Wer weiß, wenn die Weltenordnung derart kopfstand, war es vielleicht gar nicht mehr ganz so sicher, dass alle, alle letzten Endes starben? Und wenn es denn jemanden gab, der zum ewigen Leben bestimmt war, warum dann nicht er? Und im stillen Herzen entflammte die zarte, glühende, trügerische Hoffnung: Ja vielleicht, denn »alles ist möglich« – nicht weniger möglich als »alles Lebende wird letzten Endes sterben«. Das Gespräch wurde hitziger. Nechama ärgerte sich, forderte ihn auf, seine Meinung zu äußern. Aber er ist nicht mehr der Vater, der Anweisungen erteilt, er ist nur ein Stein, der da ist, ein Stein, der ewig auf der Erde ruhen wird, ein Stein. Sanftes Mitleid überschwemmte seine Seele.

Achter Teil

NACH ABLAUF EINES JAHRES

41

Ein gepanzerter schwarzer Mercedes gleitet durch die Wohnsiedlung. Dunkle Fenster, langsames Tempo, dreißig bis vierzig Stundenkilometer. Der Teufel ist herabgestiegen, um seine Erde zu bereisen. Ein Fenster geht herunter, eine weibliche Hand mit silbernen Nägeln deutet auf eine Reihe letzter alter Häuser am oberen Ende der Eldad-Straße. Ein spitzer silbriger Finger, in Verlängerung einer muskulösen, sonnengebräunten Hand, erhält seine Befehle von einem begierigen Hirn unter sonnengebräuntem Schädel mit platinblond gebleichtem Bürstenschnitt. Sie hat es auf das Haus der Gettlers abgesehen, eines der großen Grundstücke, drei Millionen Dollar, plus oder minus hunderttausend. Gabi Chayek ist angespannt. Wie eine Schöne, die aus hundertjährigem Schlaf erwacht, durchwallt das Blut wieder seine Adern. Prickelndes Leben. Ein Babymädchen ist geboren.

Glückstrahlend liegt Jafit auf der Entbindungsstation des Tel-Haschomer-Krankenhauses, ein hübsches, rothaariges Baby an der Brust. Die Kleine saugt und saugt begierig, ihre blauen Augen benebeln sich vor Vergnügen, gewöhnen sich an den Glanz einer neuen Welt. Das ist eine weiche und schwere und warme und überfließende Brust, eine wohlige Brust, die immer da sein wird. Vater und Schwester und zwei Brüder umgeben das Bett, lachen, bewundern den rötlichen Haarflaum. Auch sie ist zufrieden. Das einen Tag alte Ohr umschmeicheln fröhliche, samtige Töne: Rotschöpfchen, Rotköpfchen, Rotschöpfchen … was sicher sehr gut ist, und sie weiß, dass sie sie letzten Endes Schani nennen werden. Sie erkennt, dass sie in Überfluss hineingeboren ist und ihr das ganze Leben zu Füßen gelegt wird. Sie weiß, dass sie genauso gut in Kalkutta hätte zur Welt kommen können. Wirklich? Und sie spürt ringsum Reinheit und liebesbereite Herzen, und sie spürt, dass ihre große Schwester Moran jemanden hat, dem es gelungen ist, sie aus dem Trainingsanzug zu schälen und ihr schmale Jeans und eine eng anliegende Bluse anzuziehen. Die süße Milch quillt üppig aus Mamas Brust, und im Hintergrund ist auch Papa, denkt lächelnd, dass es Zeit wird für ein neues Haus auf zwei angrenzenden Grundstücken.

Susan Geoni hingegen möchte das Grundstück der Gettlers haben. Eines Morgens, der grau aussieht, obwohl die Sonne schon hoch über den Himmel zieht, steht Frau Gettler in ihrer Küche, emsig damit beschäftigt, ein Kilo Karotten für die Suppe zu putzen, denn sie weiß, Karotten sind das Geheimnis der süßlichen Note, die ihre Suppe auszeichnet, und da klingelt es um halb elf an der Tür. Sie geht besorgt hin. Durch den Spion ist schwer zu erkennen, ob da draußen eine Meschuggene steht oder eine Dame, die geradewegs aus dem Weltall gelandet ist. Beim Blick durch den Spalt der mit einer Kette gesicherten Tür begreift sie, dass es sich anscheinend um eine der Neuen handelt und ihr Äußeres wohl der letzte Modeschrei sein muss, noch eine Mieze mit gierigem Blick. Frau Gettler macht die Tür ganz auf, bittet die Silberblondbraune jedoch nicht herein. Mit entschlossener Stimme, etwas heiser von der Zigarre, die sie jeden Abend pafft, bietet Susan Geoni unverzüglich drei Millionen Dollar bei sofortiger Räumung. Rivka Gettler lässt sich von Zahlen nicht ins Bockshorn jagen. Sofort? Es eile gar nichts. Wenn ihre Zeit, mit hundertzwanzig Jahren, abgelaufen sei, würden die Kinder verkaufen, sagt sie.

Gabi Chayek lässt Anzeichen von Nervosität erkennen. Susan Geoni ist die Frau von Amram Geoni, dem unangefochtenen König des Grauen Marktes. In den letzten Jahren hat Geoni seinen Geschäftsbereich weit über illegale Glücksspiele und stille Teilhabe an Kioskläden hinaus erweitert. Er besitzt quasi schon seine eigene Bank, vergibt er doch Kredite an verzweifelte Menschen, die nicht mal ansatzweise begreifen, welches Schwarzkapital er im Kasino von Budapest und in einem vierstöckigen Einkaufszentrum in der Stadtmitte rollen lässt. Nach Geld und gutem Alkohol und Edelnutten gierende Politiker versprechen ihm, dass Rumänien sehr bald in die Europäische Union aufgenommen wird, und was heute Silber wert ist, wird dann Gold wert sein.

Hilali weiß, wer Amram Geoni ist, und sie erinnert sich bestens an Schifra. Während ihrer Oberschulzeit hatte sie bei ihr gelegentlich als Babysitterin für die Zwillingsschwestern gejobbt, vor langer Zeit, als Schifra noch mit dem Mann verheiratet war, den sie nach der Scheidung als »den Depp, der in jede Muschel rotzt« bezeichnete. Damals, als Hilali auf die Oberschule ging, war »der Depp, der in jede Muschel rotzt«, noch Schifras Ehemann und hatte Hilali tatsächlich mal in die Muschel gerotzt, als er sie nach Hause fuhr, und dann noch einmal im Haus eines geschiedenen Freundes. Hinterher hatte er sie mit traurigen, sogar etwas feuchten Augen angeblickt, geradezu rührend dümmlich, aber trotzdem hatte selbst er, mit seinem schlappen Schnauzer, dem entleerten Hängebauch und seiner weißlichen, mit Muttermalen übersäten Haut, hatte sogar er, der schon so einige Babysitterinnen gefickt hatte, begriffen, dass man jenen Nachmittag schön beenden musste, mit einer Umarmung und guten Wünschen, dass er sein Verantwortungsbewusstsein sofort reaktivieren und beachten musste, dass er ein junges Mädchen mit Problemen in der emotionalen Entwicklung vor sich hatte und sich auf keinen Fall in sie verlieben durfte.

Gleich nach der Scheidung war alles dumm gelaufen für Schifra, die eine Schwäche für schwere Holzmöbel, reich ziselierte Kupferschalen und sattfarbene Samtpolster hatte, jedoch viel weniger Interesse für ihre Bankkonten aufbrachte. Diese Ausstattung, die Hilali seinerzeit sehr beeindruckt hatte, begleitete Schifra in eine Mietwohnung in dem Gebäude, in dem Hilali mit ihrem Mann wohnte, denn damals war sie noch glücklich mit Eddie verheiratet. Sie erkennt sich kaum wieder in jenem Familienbild, mit Eddie und einem zweijährigen Söhnchen namens Nadav. Die Vierzimmerwohnung im dritten Stock verließ Schifra nach wenigen Monaten zugunsten von drei Zimmern im Haus gegenüber, und später zog sie ans Ende der Straße, in eines jener Wohngebäude, die man seinerzeit für die ehemaligen Insassen der Übergangslager gebaut hatte, zwei Zimmer, dritter Stock ohne Aufzug. Und dann hörte man das nächtliche Geschrei, das die ganze Straße aufweckte, deren Anwohner sich hinter Jalousien verschanzten und durch die Lamellen linsten: »Schifra, du Hure, du alte Hure! Mach auf! Zahl das Geld zurück! Sonst schlagen wir dich grün und blau, polieren dir die Fresse! Mach auf, du Hure, mach auuuf!« Und Eddie flüsterte Hilali leise zu, dass Frauen keine Ahnung vom Leben hätten, besonders in finanziellen Dingen, und auch Hilali hatte gedacht, dass Schifra wohl keine verantwortungsbewusste Frau war.

42

Ein bescheidenes Schild an der Anschlagtafel im Geschäftszentrum: *Nach Ablauf eines Jahres seit dem Hinscheiden unseres geliebten Abraham Glück …* Gabi Chayek dachte sich, es war also schon ein Jahr vergangen, dachte an dieses vergangene Jahr, und eine Flut von Bildern überschwemmte sein Hirn, Bilder von den Schwebels und »unserer Schwester Gitte« und der säkularen Beerdigung und von Hilali am Anfang, als sie einer fickenden französischen Filmschauspielerin glich, und Hilali jetzt, wo sie schon verlernt hatte, wie man fickt. Wo war er die letzten Monate mit seinen Gedanken gewesen? Sein Denken widmete sich gemächlich der Vergangenheit, früheren Geschäftsabschlüssen, einstiger Liebe, alten Rechnungen und der bohrenden Frage, wie viel er an sich wert war und wie viel mit all seinen Millionen. Und er wusste, wusste mit Sicherheit, dass er und sein Geld nicht zu trennen waren. Er selbst war das Geld, und das Geld war er selbst. Ja, mehr noch, er wusste, dass das Leben nicht in Kreisen verlief. Geschehenes ließ sich nicht rückgängig machen, und Hilali sagte gern: »Was krumm ist, lässt sich nicht gerade biegen.« Fertig, ab.

Hilali rumpelt den ganzen Tag, stellt vorsichtig ihre Berechnungen an. In ihrem Hirn rotieren die Zahnräder, ihre Finger verschieben Kugeln auf dem Rechenbrett. Ringsum wird es immer abgleitende Schifras geben, aber sie wird kein Mädelchen im Trägerhemd mehr sein, keiner wird sie mehr mit Gewalt auf die Matratze drücken, nicht mal im Spaß, ja, sie ist die Ficks schon etwas leid, die ihr den ganzen Tag vergeuden. Schließlich hat sie siebenhunderttausend Dollar, die auf der Bank ticken, und wenn sie umsichtig rechnet, kann sie die Arbeit an den Nagel hängen, und sie braucht niemanden mehr. Keinen Einzigen. Sie streckt sich in ihrer Haut, die wieder geschmeidig wird. Siebenhunderttausend Dollar … Und ausgehend von fünf Prozent Jahreszinsen – und sie kann sicher mehr rausholen – hat sie eine solide Grundlage, und bei vorsichtiger Anrechnung von zwanzigtausend Dollar aus dem neuen Projekt der Seniorentagesstätte wäre dieses Jahr ein Neubeginn. Vielleicht würde sie nur eine Wohnung zum Vermieten kaufen und dazu eine nette für sich und Nadav in der Stadtmitte, und zu der komplizierten Rechnung gesellen sich noch und noch Daten, die in ihrem siedenden Hirn aus Zahlen entspringen, umgelegt auf zwölf Monate, mal mehr, mal weniger, in der Annahme, dass auch unerwartete Gewinne hinzukommen werden, und so weiter und so fort, bis ihr Gehirn streikt und sie vom Küchentisch aufsteht und darangeht, das Geschirr zu spülen, denn es sind die großen Ferien, und Nadav schläft in seinem Bett, lebt träge in den Tag hinein, und es gibt keine Ficks.

43

Die Gettlers haben sich nicht mal die Mühe gemacht, eine Antwort zu geben. Rivka Gettler hatte das Angebot gar nicht erst an Schaike weitergereicht, und Schaike, der beim Frühstückskaffee mit der Zeitung doch was mit halbem Ohr aufgeschnappt hatte, ließ die Sache verpuffen, ehe sie noch richtig in sein Bewusstsein trat. Vermutlich haben die Gettlers keine Ahnung, wer Amram Geoni ist, von seiner Frau Susan ganz zu schweigen. Das Ehepaar Achlama hat sein neues Haus auf dem Doppelgrundstück bezogen, die Villa im kanarischen Stil mit Park. Sie haben alles versucht, aber den Gestank von der Kompostgrube wird man nicht los. Die Geonis waren schon zum zweiten Mal bei ihm im Büro, wünschen, dass er die Sache vorantreibt.

Ein Krampf wölbt Chayeks linke Schulter in einer spontanen Geste des Widerwillens. Er will nicht, weiß jedoch, dass er, wenn nicht morgen früh, dann übermorgen, bewehrt mit einer Vollmacht, zu den Gettlers gehen und die Hand ausstrecken wird – nein, keine würgende oder zupackende, sondern eine zarte, ermunternde Hand, die sanft vorwärtsdrückt, ohne ein Rückzugsloch offen zu lassen. Eine Hand, die sich nur in eine Richtung bewegt, wie die rostige Metalldornensperre an der Ausfahrt großer Parkplätze. Die Metalldornen generieren bei ihm Bilder von gepanzerten Wagen mit Reifenschaden, von Verfolgungsjagden auf nassen, dunklen Straßen, von Sicherheitsleuten und Partys und französischen Verbrecherfilmen. Aber so darf man sich das nicht denken, ganz und gar nicht, nein, man muss von nüchterner Betrachtung und dem Ergeben in die Notwendigkeit und von Zukunftsfürsorge sprechen, so dreckig das auch sein mag. Und überhaupt, was haben denn diese Leute, denen man drei Millionen Dollar in die Hand drückt, netto, bereits versteuert, was veranlasst diese Leute, einen festlichen Pyjama anzuziehen und Tabletten zu schlucken?

Sie saugt und saugt, die kleine Schani, ein Menschenjunges, das noch keine kindliche Gestalt angenommen hat, fühlt sich wohl und munter an der Mutterbrust, zwischen Kissen und Laken. Und ihre Mutter verhält sich angenehm, geht nicht auf den Geist, trägt sie auf dem Arm durchs ganze Haus, nennt sie ganz betont Schani, badet und rubbelt und salbt und massiert und wickelt sie in eine rosa Spitzendecke. Und sie instruiert die Peruanerin Villa, die Nachfolgerin von Lilly, die einen Monat vor Schanis Geburt in die Philippinen zurückgeflogen ist, Lilly, die erzählt hatte – Schani erinnert sich an alles –, dass philippinische Männer während der Schwangerschaft kochen und damit einen eigenen Gruß an den Embryo schicken. Diese Lilly ist nach acht Jahren in ihr Haus zurückgekehrt, läuft wie eine nervende und überflüssige Fremde darin herum.

Schani weiß, dass ihr Vater in jenen Monaten eine andere geliebt hat, aber Schani ist nachsichtig, sie ist nicht böse, von ihr aus gesehen beginnt die Welt gemeinsam mit ihr. Ihre Mutter überhäuft die Peruanerin mit ungeduldigen Anweisungen, in diesem Tempo kann man nichts mitkriegen. Villa heißt sie, und schöner geht es nicht. Ein bisschen langsam, ungelenk, riecht nicht gut. Jafit lässt sie das Baby nicht anfassen, aber es ist praktisch, dass jemand die Wäsche macht, das Haus putzt und bügelt und kocht. Bei ihnen daheim, denkt sich Villa, hat sie all das gemacht und auch noch die Babys versorgt, drei Kinder hat sie gehabt, zwei sind ihr verblieben.

Hilali träumt von einer Wohnung in Tel Aviv. Echtes Parkett, hohe Zimmerdecken, hier und da ein Möbelstück, sauber und hell, eine Bulthaup-Küche, niedrig hängende Lampen. Sie hat Lust zu arbeiten, hart zu arbeiten, Geld zu verdienen, die Existenzbedingungen zu verändern, auf sich selbst zu vertrauen, sich ins Zeug zu legen und zu wissen, dass es klappen wird. Und sie überlegt im Stillen, ob es nicht an der Zeit wäre, das System der anderen zu übernehmen, fortan positiv zu denken. Sie versucht es auch, nicht mit Gewalt, sondern in aller Ruhe, und ein hauchzarter optimistischer Unterton sprudelt sanft in ihr dorniges, schwarzes, skeptisches Gemüt, das dringend gelüftet werden muss. Und siehe da, als sie zur Ruhe kommt, dringt frische Luft ein, und sie denkt sich, vielleicht gäbe es doch einen Zusammenhang zwischen menschlichen Hoffnungen und eintretenden Geschehnissen auf der Welt. Ja, womöglich ernteten manche sogar mehr Sympathie, und sie hat das Empfinden, zu den geborenen Glückspilzen zu gehören, nicht zu den Kindern eines wer-weiß-wie-großen Glücks, aber ein subalterner Engel ist ein paar Stunden im Monat sicher auch mit dem Wohlergehen von solchen wie sie betraut.

Ihre Mutter lacht, ist nicht recht überzeugt davon, dass es Engel gibt. Aber ihre Mutter – die ist mit dem Kopf nicht mehr da. Was bringt sie zum Lachen? Es amüsiert sie, dass die Mutter ihres Vaters bis ans Ende ihrer Tage mit einem riesigen Schlüsselbund herumlief, das sie in der Schürzentasche verwahrte, in der Schürze, die sie von morgens bis abends trug. Alle Schlüssel des Hauses, für sämtliche Türen, Schubladen, Schränke, hingen daran, und sie sperrte ständig ab und wurde ständig dringend gerufen, um jemanden zu befreien, den sie auf der Toilette oder in seinem Zimmer eingeschlossen hatte, oder um eine Schreibtischschublade oder einen Küchenschrank wieder aufzuschließen oder die Kommode mit der Unterwäsche, die sie immer besonders sorgfältig absperrte.

44

Den Seinen gibt's der Herr im Schlaf. Nachdem er seine Seele mit den Bildern der Schwebels gepeinigt hatte (wie zwei Stehaufmännchen standen und fielen sie vor seinem geistigen Auge, mit festlichen Pyjamas und offenen, stumpfen Augen, zwei Glasperlen); nachdem er eine Ansprache aufgesetzt hatte, die weder drohend klang noch unangenehme Assoziationen weckte (aber doch eine gewisse Ernsthaftigkeit und Sachlichkeit ausstrahlte, angemessen für ein Angebot von drei Millionen Dollar, vielleicht sogar mehr, eines, das man vernünftigerweise nicht ablehnen konnte); nachdem er das innere Unbehagen überwunden hatte (wie man es drehte und wendete, war ja von zwei unterschiedlichen Fällen die Rede, aber trotzdem tauchten die Schwebels vor seinen Augen auf und ab, auf und ab, mit erschrockenen Augen, zwei Glasperlen) – da begriff er, dass er nicht mehr einschlafen würde, mitten in einem Albtraum befangen war, und stellte den Fernseher an, einen Softporno im Filmkanal.

Nacht senkte sich über Gabi Chayeks Haus. Ronen und Ejal lagen in ihren Betten, Jafit war müde vom Stillen. Eine Brustwarze war entzündet. Moran schlief auf dem Stützpunkt, oder vielleicht sagte sie das bloß und schlief in Wirklichkeit bei ihrem Freund. Nana schlief im Zimmer von Villa, der Peruanerin, die nur schwer in den Schlaf fand. Es war nicht leicht, im Keller zu schlafen, ohne Fenster, zwischen Gipswänden, nur schmale Ritzen ließen das Dunkel von draußen ein. Tief in dem schwarzen Koffer unter ihrem Bett lag ein Foto von ihren beiden lebenden Söhnen und ein Söckchen der toten Babytochter.

In dieser Nacht stürzte ein Baum auf das Haus der Familie Kahana. Zwischen ein Uhr und Viertel nach eins ächzte er, barst und krachte zusammen. Er fiel, ohne jemanden zu töten, hinterließ aber eine silbrige Staubwolke, erschreckend und beruhigend zugleich. Um zwei Uhr wussten alle zusammengeströmten Nachbarn, dass die beiden Eheleute unverletzt waren, nur ein paar Schrammen hier und da. »So ist das, eine sechzig Jahre alte Aleppokiefer – trocken bis ins Mark«, sagte Jehoschua Gat blumig zu Schwarzi, der wie er unweit der umgestürzten Kiefer wohnte. »Das hätte schlimmer ausgehen können«, kommentierte der Ingenieur Esra Fein, der seine Nase immer überall reinsteckte.

Pnina Kahana hatte sich in Nachthemd und Morgenrock aus den Trümmern herausgearbeitet und zitterte im Stehen. Schwarzis Rutha, im roten Trainingsanzug, fasste sie um die Schultern, stützte sie. Hinter ihnen, in zwei Schritten Abstand, nahm Hadara Aufstellung, um die Versammelten mit Gesten zu beruhigen. Nur keine Panik, bat sie. Sie war bereits tiptop angezogen: Jeans, Trikothemd und Sandalen. Auf der anderen Straßenseite eilte Adina Schiermann vom Haus gegenüber herbei, in der einen Hand einen gestreiften Strandstuhl für Dan Kahana, damit er sich wenigstens setzen konnte, in der anderen eine Thermosflasche mit Tee. Damit er was trank. Das sei das Wichtigste.

Einen Moment dachte Pnina daran, wieder hineinzurennen, um was zu retten, das heißt die beiden Originale von David Hendler, die ihre Mutter dem Maler persönlich abgekauft hatte, als er noch mit seinen Bildern die Haustüren abklapperte, für ein paar Groschen, wirklich halb umsonst. Aber Rutha hielt sie zurück, ließ sie nicht gehen, und dann ein Ächzen und Wimmern, und das Krachen der einbrechenden Rabitzdecke und polternde Ziegel und einstürzende Wände und berstendes Glas … Pnina ließ sich von Rutha mit kleinen, zögernden Schritten in deren altmodische Küche führen und setzte sich dort flau an den Tisch. Rutha hatte Pnina noch nie ohne Make-up gesehen, und die Tatsache, dass auch sie Falten und Altersflecke hatte, steigerte ihr Mitleid. Hadara blockte Adina Schiermann ab, die an sich eine gute Frau war, aber nicht umsichtig zu handeln wusste.

Auch die Neuen kamen einer nach dem anderen aus ihren Häusern, erst die Filipinas, immer auf ein Erdbeben oder einen Sturm vorbereitet, danach die Hauseigentümer in Lumpen. Nicht im Pyjama, im Morgenrock oder im Trainingsanzug, sondern in einem Trikothemd zum Fensterputzen und zerrissenen Unterhosen. Auch die Frauen. *Kinderstube* kann man nicht mit Geld erwerben, dachte Ruchama Jugev, die sich, obwohl aus Galizien stammend, dem deutschen Kulturkreis zugehörig fühlte. Selbstverständlich war diese Einstellung dem Denken der Neuen völlig fremd. Bei einer Figur wie der von Ditti Saporta erübrigte sich jedes weitere Wort.

»Alles – *kaputt!*«, erklärte Adina Schiermann, die, aus der Küche verjagt, nun Dan Kahana überragte, der mehr schlecht als recht auf dem Rand des niedrigen Strandstuhls kauerte. Im Stehen hätte er es bequemer gehabt. Letzte Reste des Hauses bröckelten auf den Trümmerhaufen. Eine mächtige Staubwolke erstrahlte im Mondschein, letzte

Geräusche des Zusammenbruchs. *»Kaputt, kaputt, kaputt«*, dröhnte das Wort in Dans Hirn, *»kaputt, kaputt, kaputt.«* Der verebbende Ton machte ihn lächeln. Jemand legte ihm eine Waffelpikeedecke um die Schultern. In diesem merkwürdigen Umhang, von Kopf bis Fuß eingestaubt, gesellte er sich zu Pnina in Ruthas Küche. Auch dort war Erleichterung zu verspüren.

Gabi Chayek kam gegen zwei Uhr an. Die Nachricht hatte sich in der ganzen Wohnsiedlung verbreitet wie ein Wellenschlag im Tümpel. Als Chayek die silbrige Staubwolke im Mondenschein betrachtete, spürte er wieder die warme Gewissheit, dass tatsächlich einer droben im Himmel sitzt und wacht.

Neunter Teil

ALLES FLIESST

45

In der privaten Jacuzzi, in der Shanti-Ecke, gedacht zum Ausruhen vor der Behandlung, das heißt vor der Massage und dem Ölbad, in der Hand ein Glas Sekt – fünfundvierzig Schekel, nicht inbegriffen –, bei Kerzenschein, in intimer Atmosphäre, umschmeichelt von Weihrauch und beruhigender Hintergrundmusik, spürte Gabi Chayek in allen Poren, dass eine Epoche zu Ende ging. Nicht wehmütig, nicht mit müder Körperschwere, im Gegenteil, eher in Form eines Erwachens, das in seinem Fall zu Herbstbeginn, mit dem Anbruch der jüdischen Feiertage, einsetzte. Eine wohlig warme Erkenntnis durchströmte all seine Glieder bis hin zum kleinen Zehennagel – die Pediküre wetzte ihre Feile –, dass der Körper sich säuberte, Gifte und überflüssige Gefühle ausschied, sich von seiner schleppenden Liebe zu Hilali, den Schuldgefühlen, die die Schwebels bei ihm hinterlassen hatten, dem verwehenden Gestank der Kompostgrube reinigte, ja, dass dieser Körper langsam wieder zum Leben erwachte. Einem Leben in täglichem Wohlsein und Vergnügen, das der Wirklichkeit unablässig trotzte, ohne dabei verlieren zu können. Das war sein Leben, und er vergnügte sich in dem Spa, das er aufgebaut hatte, und dachte schon an seine Nachkommen der dritten und vierten Generation, hatte noch große Pläne für sie. Vor seinen Augen erstand das Porträt seiner Familie, er und seine dicke Frau saßen in der Mitte, und jeder vernünftige Betrachter verstand, dass diese Frau seine Sprösslinge großzog und sein Haus zusammenhielt, er aber, was den Sex anbetraf, andere fickte.

In der Lounge tranken Micky Peckelmann und Alon Rivlin Campari mit Grapefruitsaft. Sie dufteten nach feinem Kölnischwasser, waren passend gekleidet, hörten gern Shlomo Artzi, waren sich einig. Schließlich waren sie beide bei den Fallschirmjägern gewesen und fuhren dreimal im Jahr mit den Kindern zum Skilaufen. Aus dem Umkleideraum schlüpfte Amram Geoni. Ein neues Gesicht im weißen Bademantel. Sie beide wussten sehr wohl, wer er war. Der König des Grauen Marktes. Beide machten kein Aufhebens darum. Sie musterten ihn warmherzig, gehörten nicht zu denen, die bei einem leichten Hauch Gestank die Nase rümpften. Auch der Graue Markt hatte seine Daseinsberechtigung. Wenn kein Bedarf danach bestände, könnte er nicht blühen und gedeihen. Genau wie die Prostitution. »Schick dein Brot aus über die Wasser, denn du wirst es finden nach langer Zeit«, hielt Micky Peckelmann sich lächelnd an den biblischen Prediger. Alon Rivlin schickte es immer aus, und immer kam es eines Tages, wenn man es brauchte, in zahlreich vermehrten Laiben zu ihm zurück.

Amram Geoni grüßte die beiden Hübschen mit gemessenem Kopfnicken. Er schickte nichts aus, weder über die Wasser noch mit Wüstenkarawanen. Schickte nichts aus und sammelte nichts ein. Er verlieh. Verlieh mit Wucherzinsen. Wer nicht rechtzeitig zurückzahlte, zahlte später. Er stieß mit herrischer Geste die schwere Holztür von der Lounge zu den Behandlungsräumen auf und nahm in der heißen Sauna Platz. Die beiden in der Lounge tauschten einen Blick. Micky Peckelmann wusste sehr wohl, dass Alon Rivlin nicht der richtige Mann war, um ihn an seinen Gedankengängen zu beteiligen. Alon Rivlin hätte nun gerade gern gewusst, was Micky Peckelmann dachte, denn auch er machte sich ja seine Gedanken. Nein? Dann eben nicht. Sie wendeten den Blick zu Naomi, der Empfangsdame, einer Betriebswirtschaftsstudentin am Wirtschaftskolleg. Sie trug einen eng anliegenden weißen Body, der hervorragend zu ihrem dunklen Teint und ihrer großen, vollen Figur passte, mit der sie beide um einen Kopf überragte. In diesem Fall machte die Größe nichts aus. Jede Größe stand zweien von dieser Sorte, bei Amram Geoni war sie weniger großzügig.

Amram Geoni neigte den Kopf, setzte sich in den Dunstschwaden auf eine Bank, schwitzte heftig. Der Dunst glich glühendem Kupfer, seine angespannten Muskeln ließen nicht locker. Kräftig gebaut, muskulös, mit ergrauendem Kraushaar, sah er aus, als sei er jeden Augenblick sprungbereit zum Angriff. Sie gefielen ihm nicht, diese beiden Models in der Lounge, er kannte ihre Visage. Tausende wie sie rannten ihm nach. Äußeres und Inneres stimmten nicht überein. Er fühlte sich zu Hause in Gabi Chayeks Spa, obwohl er irgendwie kein Abonnement bezahlte.

Das Grundstück der Kahanas ist von allen Trümmern geräumt, die Geonis haben bereits zu bauen begonnen. Das Ehepaar Kahana hat eine geräumige Wohnung in der Rothschild-Allee erworben, in der Gegend, wo Pnina aufgewachsen ist. Schraga Livni hat sich eine Kugel in den Kopf geschossen.

Schwarzi barg das Gesicht in den Händen, fassungslos. Fand nichts zu sagen, murmelte nur: »Ist wie ein Soldat gestorben, wie ein Soldat«, und wusste selbst, dass das Unsinn war. Er hatte das Gefühl, Schraga wollte ihm etwas sagen, aber genau dieses Etwas wollte er nicht hören. Rutha reagierte wütend: Was sollte an einem Achtzigjährigen, der sich eine Kugel in den Kopf jagt, wohl soldatisch sein? Und was war mit seiner Frau? Erwartete er etwa, dass sie sich ebenfalls erschoss? Und darin lag eine winzige Spur ängstlicher Sorge, wie ein kleines Vögelchen, das in der hohlen Hand flattert, dass er trotz der fünfundfünfzig beschissenen Ehejahre und trotz allem Hass und Groll und Widerwillen nicht plötzlich auf alle möglichen Ideen käme und sie nicht etwa verließe, nicht jetzt.

Schwarzi ging hinaus in den Garten, hatte Lust, seinen Panzersoldatenhelm in eine Eisenskulptur einzufügen und all seine Dienstabzeichen und seinen Feldstecher und die Plaketten und Auszeichnungen, die er während seiner langen Dienstzeit in der Truppe und beim Binnengeheimdienst erhalten hatte, gleich mit anzulöten. Eine *Hommage* wollte er schaffen, eine Hommage an etwas, das einen seinerzeit ausgefüllt und befriedigt hatte und jetzt nichts weiter war als ein Haufen überflüssiger Schrott. Könnte er ein zweites Mal leben, würde er als Bildhauer anfangen, und da Rutha seine Schrottgebilde hasste, würde er sich eine andere Frau an ihrer Stelle suchen.

Rutha hasste seine Schrottgebilde, hasste den ganzen Verfall ringsum. Würde die Erde doch nur ihren Schlund auftun und alles verschlingen, diese Wohnsiedlung samt ihren Veteranen und Alten und nervenden Schrotthaufen.

Ihr war das egal, ihre Umwelt macht keine wer-weiß-wie-große Lust zu leben. Sie scherte sich nicht um den hohen Blutdruck oder darum, dass sie kaum auf den Beinen stehen konnte, oder um die Schmerzen im Kreuz, rannte auch nicht zu Vorsorgeuntersuchungen, denn sie fürchtete sich vor nichts. Bloß dass er nicht auf sonderbare Ideen kam. Dass er ruhig geht. Das ist alles.

46

Jafit sagt nichts. Es gibt nichts zu sagen. Wer Geduld hatte – hat gewonnen. Wer Geduld hat, gewinnt immer. Sogar Villa hat schon gelernt, wo alles ist. Schani wird runder, entwickelt sich gut. Neben dem üppigen Frühstück liegt die Zeitung aufgeschlagen, gepflastert mit Traueranzeigen über den Heimgang von Schraga Livni, der wohl mal ein wichtiger Mann gewesen sein muss. Schani saugt. Gabi wird wieder fremdgehen. Die Welt geht ihren alten Lauf. Dass er nur keine Krankheiten einschleppt.

Amram Geoni hat seine Regeln festgelegt. Er zahlt keine Maklerprovisionen. Die, in Höhe von zwei Prozent, gehen in Gänze zu Lasten des Verkäufers. Wer für Amram Geoni vermittelt hat, dem ist Amram Geoni eine Gefälligkeit schuldig. Gabi Chayek knirschte mit den Zähnen, gab aber vorerst nach. Er rief Tiki im Büro an, damit sie den Vertrag zwischen ihm und Amram Geoni entsprechend abänderte. Dann fügte er hinzu, als sei ihm gerade eingefallen, dass sie schließlich auch ein Mensch ist, danach könne sie das Büro zumachen und nach Hause gehen.

Es war Viertel nach fünf, wieder würde sie den Kleinen verspätet von der Kita abholen, wieder würde er auf seiner

Treppenstufe warten, der Stufe des letzten Kindes, einen Finger im Mund, in der anderen Faust eine Windel, mit geröteten Augen und verstopfter Nase. Und da rannte er ihr mit seinen kleinen Beinchen entgegen, von Kopf bis Fuß Liebe und Zärtlichkeit, und Dina, die wie immer den Kindergarten längst fertig aufgewischt hatte, blickte sie mit tadelnden Augen an, hatte jedoch Verständnis. Die haben auch kein Geld mehr. Dina versteht sehr gut.

Jafit hat Lust zu renovieren, ein bisschen was neu zu arrangieren. Vielleicht würden sie ihr Schlafzimmer in Morans Zimmer unterm Dach verlegen und Moran in Gabis Arbeitszimmer unterbringen, denn das hat einen separaten Eingang, und sie hat einen neuen Freund. Dafür würden sie ihm im Schlafzimmer mit Gipswänden eine Arbeitsecke abteilen, warum sollte es ihn stören, im Schlafzimmer zu arbeiten?

Sarah lacht in ihrer winzigen Wohnung, jetzt lacht sie schon mit einer Gesellschafterin. Es ist riskant geworden, sie allein zu lassen. Hier fällt sie hin, dort vergisst sie, wer sie ist und wie viele Kinder sie hat und wie sie heißen, und sie ist auch schon einmal im Morgenrock mit einer alten Ausgabe von *Die Elenden* unterm Arm in die Lobby hinuntergegangen, war hinterher betreten über den scharfen Blick der Sozialarbeiterin, die den Vorfall in ihrem stets offenen Notizbuch vermerkte. »Ja?«, fragt sie Rutha und Hadara, als könnte sie es gar nicht glauben, aber Rutha und Hadara, die gekommen sind, um ihr die Nachricht von Schragas Tod zu überbringen, hören übertriebenes Staunen heraus, das nicht zur Sache passt, und tauschen einen Blick, der besagt: Was hat Sarah seit dem letzten Mal abgebaut.

»Er hat sich in sein Schwert gestürzt«, fasst Sarah zusammen. »Wer ist dieser Mann? Schraga wer?« Und dann lacht sie, weil ihr der Esel von Gemüsehändler Scheftel einfällt, der bei jedem Purim-Umzug als Mordechais Pferd gedient hat, mit einer Spargelkrone auf dem Kopf.

Hadara kommt bedrückt nach Hause, wieder zu den sattsam bekannten Gesprächen. Wieder verspricht er ihr, dass sie nicht ausziehen werden und dass er sie bis zum letzten Moment zu Vorträgen ausführen wird und sie dann allein sterben lässt, fern von den Augen anderer, damit sie niemals zum Gespött ihrer Mitmenschen wird. Alles verspricht er, wohl wissend, dass er es nicht halten wird. Angst ist Angst, und an Tatsachen gewöhnt man sich. Früher, während ihrer Krebserkrankung, hatte er gedacht, er würde es noch schaffen, mit einer zweiten Frau zu leben, und es hatte ihn neugierig gemacht, mit einer anderen Frau als Hadara zusammen zu sein, der einzigen Frau, die er im Leben gekannt hat. Aber jetzt ist er ganz auf sie konzentriert, in Liebe, und keine zweite oder andere Frau interessiert ihn mehr.

Gabi kommt alle acht bis zehn Tage. Seine Augen sind hohl, wie Glasperlen. Hilali hat innerlich auf ihn verzichtet, schmerzlich verzichtet. Denn sie liebte ihn. Das konnte man aus den Ficks ersehen, die ungestüm waren, ohne Verbindung zu Gefühlen, ungeachtet der Müdigkeit oder früherer Verpflichtungen, einfach weil sie ihn liebte. Warum? Weil er muskulös und charmant und ein Ernährer und Versorger war. Allein schon weil er da war, bekam sie Lust aufs Vögeln. Und doch hat sie auch mit dem Erben aus der Rothschild-Allee geschlafen. Warum? Darum. Hatte Lust dazu. Sie gefällt sich als Kindfrau neben seinem jungen Körper, der keine grauen Haare hat, dessen Penis sanft, vibrierend und wonnevoll ist, und meist fickt er gar nicht wirklich, er spielt. Er braucht nichts zu beweisen, und seine Empfindsamkeit überrascht sie. Und obwohl er dreißig ist und sie bald vierundvierzig wird, erlaubt sie ihm, sich in sie zu verlieben, als wäre sie nicht die verantwortliche Erwachsene bei dieser Geschichte.

Vielleicht weil er sein Leben überwiegend der Erziehung und der Ansiedlung gewidmet hatte – erst als eine Art fliegender Kulturoffizier seines Regiments, dann bei der Kämpfenden Pionierjugend und schließlich als Chef des Kulturkorps und nach seinem Abschied aus der Truppe dann als Abteilungsleiter bei der Jewish Agency und beinah noch im Aufsichtsrat von Yad Vashem, eine Ehre, die ihm im letzten Moment jedoch versagt blieb – und vielleicht weil er in seinem Leben Soldaten in ihrer schwersten Stunde gesehen hatte, fragte sich Jehoschua ein ums andere Mal, ob es nicht wieder so ein unüberlegter Moment von Schraga Livni gewesen war, einer der Augenblicke, in dem ihm das Blut zu Kopfe stieg. Und tatsächlich lag er damit nicht ganz falsch, denn Schraga Livni, der an dem bewussten Nachmittag an seinem Schreibtisch harmlos mit der Pistole gespielt hatte – der Geruch der Kompostgrube wehte durch die Luft –, hatte die Waffe aus Jux, aus purer Angeberei ans Gehirn gerichtet, dann mit einer Dummheit, für die es weder Gründe noch Zeugen gab, den Finger auf den Abzug gelegt und paff, geschossen.

47

Ursprünglich hatte das Gebäude neun Wohnungen und eine Kleinwohnung für den Pförtner. Nach ihren Planvorlagen – die er ohne alle Abstriche übernahm – hat der Erbe problemlos alle nötigen Genehmigungen erhalten, um die geräumigen Zweieinhalbzimmerwohnungen in zwölf Einzimmerapartments umzuwandeln, und die sogar noch geräumigeren Dreizimmerwohnungen in neun Einzimmerapartments, mit einem großen Innenraum zwischen ihnen, für den Fall, dass einer der Bewohner, sagen wir mal ein frisch Geschiedener, Lust bekommt, Geburtstag oder eine Party für seine Tochter zu feiern, oder eine der jungen Bewohnerinnen Freunde einladen möchte … Außerdem wird um zwei Etagen aufgestockt, was noch mal sechs Wohnungen ergibt. Das Büro kommt in den Keller, ein gewundener Pfad führt dorthin. Viel künstliches Licht.

Hilali weiß, dass es beengt ist, aber macht nichts, das zahlt sich aus. Sonst müsste man auf eine Wohnung verzichten, siebenhundert Dollar pro Monat. Schade drum. Danach gehen sie und der Erbe in der Allee essen, und es gefällt ihr, mit ihm in Cafés ein und aus zu gehen und mit ihm gesehen zu werden, und noch mehr gefallen ihr gerunzelte Augenbrauen. Es ist, als würde ein Pendel in ihr schwingen, und ihr Körper wiegt sich schon hin und her.

Alle acht bis zehn Tage kommt Gabi Chayek, angetrieben durch die Macht der Gewohnheit. Seine Augen sind hohl. Hilali schwelgt gern mit ihm in der gemeinsamen Vergangenheit, hat aber schon den Entschluss gefasst, nach den Feiertagen die Wohnung zum Verkauf anzubieten und sich im Stadtzentrum eine andere zu suchen, irgendwo in der Oliphant- oder in der Bezalel-Jaffe-Straße, eine Wohnung mit Pfiff.

Sie ziehen sich aus, steigen ins Bett, decken sich zu. Alte Gewohnheiten scheiden zwischen lebendig und tot, Traurigkeit und Freude, Vergangenheit und Zukunft. Sie sind sich einen Moment begegnet und dann wieder jeder auf seine Kreisbahn eingeschwenkt. Und während er sie auf alle viere stellt und lange penetriert, ist sie mit dem Kopf ganz bei ihrer Planung für die Ausgestaltung der Altentagesstätte in Ramat Aviv, für die sie den Zuschlag erhalten hat.

Und Hilali rechnet: Sagen wir sechshunderttausend gehen für die Wohnung drauf … Aber das erschreckt sie nicht, sie verdient gut in den letzten Monaten, legt sogar etwas beiseite. Sie hat ihre Bankgeschäfte von der Filiale in der Wohnsiedlung in die große Stadt verlegt. Hat Nadavi für die Mittelstufe in der Stadt angemeldet, mit einem Comic-Kurs, wie er es gern wollte. Und wenn Eddie den Jungen abholt, kommt er in die Wohnung rauf. Ein unaufgeregtes Gespräch entspinnt sich. Als sie ihm letztes Mal von Sarah erzählte, schlug er vor, sie sollten gemeinsam ins Seniorenheim ziehen. Sie erwiderte lachend, bis zum Seniorenheim sei es noch Zeit, aber der Gedanke an die beiden Alten unter einem Schottenplaid hatte ein hübsches Lächeln auf ihr Gesicht gezaubert.

Sie betrachtet die beiden, Vater und Sohn, durch das Guckloch in der Tür. Ein Großer und ein Kleiner warten auf den Fahrstuhl. Eddie hat weiche graue Locken, Nadavi dichte braune. Sie hat Lust, beide hereinzurufen, ein Omelett und Salat zu machen, gemeinsam zu Abend zu essen, aber sie ist mit dem Erben im Restaurant verabredet. Eddie dreht sich um, weiß, dass sie ihn durch den Spion beobachtet, kennt sie. Auch mit ihm hätte sie gute Ficks haben können, wenn ihnen nicht mittendrin all die Alltagsplackereien eingefallen wären: Zweitmitteilungen über eingegangene Postsachen; Grundsteuerbescheide, die mit einer letzten Mahnung vor der Pfändung eintrafen; ein verpatztes Arbeitsinterview; seine rücksichtslose Mutter; Kontoüberziehungen, Kontoüberziehungen, Kontoüberziehungen; seine jungen Assistentinnen, die alle Monate wechselten; die kleinen Kränkungen.

Hilali vögelt mit dem Erben, und es geht ihr gut. Gabi Chayek weiß, dass die Sache aus ist. Man kann nicht behaupten, dass er es nicht bedauert hätte. Er bedauert es sehr. Aber Gutes wärt nicht ewig. So ist das nun mal. Mit derlei philosophischen Gedanken hat er die ganze Sache vom Tisch gewischt. Typen vom Schlag Amram Geonis kursieren seit Neuestem in der Wohnsiedlung, um zu schnüffeln, mit blutunterlaufenen Augen großzügige, noch unverkaufte Grundstücke auszuspähen. Sie zahlen keine Maklerprovisionen, unterschreiben nichts, besiegeln mit Handschlag und wechseln ein Schulterklopfen, und ihr Wort ist wie ein Messer, messerscharf. In den Standardkaufvertrag wurde ein neuer Punkt eingefügt: Die Provision in Höhe von zwei Prozent des Kaufpreises geht in Gänze zu Lasten des Verkäufers. In der Praxis muss Gabi Chayek sich mit einem, höchstens eineinviertel Prozent begnügen, mehr rücken die Verkäufer nicht raus.

Er und seine Frau liegen im Bett, in dem Zimmer, dessen Renovierung schon beschlossene Sache ist. Das heißt, es soll Schanis Zimmer werden, während sie beide in eine elegant ausgebaute Schlafsuite mit Schlafzimmer, Balkon und Arbeitsecke unterm Dach umziehen und Moran von ihrem bisherigen Dachzimmer in sein jetziges Arbeitszimmer mit separatem Eingang wechselt. Er streckt die Hand aus, um die Kleine zu streicheln, die Bauch an Bauch mit ihrer Mutter liegt. Danach gleitet seine Hand, wie unwillkürlich, auf Jafits Bauch über. Eine Kaskade von Speckrollen, seine Hand versinkt in der Fülle ihres warmen, weichen, prickelnden Fleisches. Ihr sind sie angenehm, seine Hände, die so sanft auf ihr herumspazieren. Wer weiß, wo er nachmittags gewesen ist, er hat noch Reste ihres Geruchs an sich. Aber das geht vorbei, ein feiner, verwehender Hauch, wie der Geruch der Kompostgrube. Jeder Geruch hat sein Ende, neue Gerüche kommen jetzt auf. Süße Düfte hinter Schanis Ohren. Chayeks Hände schließen sich um die schweren Brüste seiner Frau, die Brüste einer Stillenden, und er erinnert sich an den Körper jener Kleinen im flachen Trägerhemd und superknappen Shorts, die vor dreißig Jahren verloren ging, ein paar Tage lebte und starb und kürzlich aus einer Erbschaft von siebenhunderttausend Dollar wiedergeboren wurde, mit einem fremden Funken in den Augen.

Hilali erinnert sich an die, die geboren worden und gestorben war, die ihm seinerzeit mitten in der Nacht aus dem Abkürzungsweg durch Uri Ilans Garten entgegenkam, als er rauchend am Stamm des alten Flammenbaums der Kovrins lehnte. Es waren seine ersten Tage als Kantinenbetreiber beim Militär, und er hatte gerade das hübsche Geldbündel nachgezählt, das seine Tasche ausbuchtete, den Lohn für Nebengeschäfte, deren Ertrag den legalen Umsatz der Kantine schon um das Doppelte überstieg. Alle gaben lieber etwas mehr aus, um ihr Schokoladencroissant aufgewärmt, ihre Blätterteigtasche mit einem harten Ei, ihr Brötchen mit Wurst, Gemüseomelett, Schafskäse zu bekommen. Seine Fingerspitzen, die noch von den Geldscheinen juckten, spazierten begierig über den Stamm mit den eingeritzten Herzen und Pfeilen. Seine Hand presst auf Jafits Bauch, drückt auf den Beckenknochen, sehnt sich nach dem Stummel eines alten Joints, nach verschwimmenden Mandelaugen, nach jenem Beischlaf, der ihm wie angegossen auf den Penis passte, und so, den Kopf an Jafits rechte Brust gelegt, in den Ohren das Schmatzen von den blühenden Lippen der kleinen Schani, die an der linken Brust saugt, Süße in der Nase, Wärme im Leib, schließt er die Augen und schläft ein.

Die gute Villa, ein verhuschter Schatten, bringt alles an Ort und Stelle. Poliert die Silbersachen, wischt den Staub von den Bildern, räumt die Schränke auf, kocht, spült, schrubbt, bügelt, näht jeden Knopf an seine Stelle.

48

Die Gedenkfeier nach dem ersten Trauermonat für Schraga Livni fiel in die Woche zwischen Rosch Haschana und Jom Kippur. Nechama hatte natürlich dafür Sorge getragen, dass der Grabstein pünktlich gesetzt wurde, eine schlichte Platte aus Hebroner Kreidegestein, auf der sein Name, die Namen seiner Eltern sowie seine Lebensdaten nach dem jüdischen und dem allgemeinen Kalender vermerkt standen, und darunter hatte sie in fetten schwarzen Lettern die Worte **Soldat und Vater** einmeißeln lassen. Sie hatte sich gedacht, dass manche diese Wortkombination als Liebesgeste auffassen würden, obwohl sie eigentlich gleichmütig war, ihr war es wirklich egal. So hatte sie ihn geliebt, und manchmal auch nicht so. Soldat und Vater, das war er gewesen. Das war er für die Kinder gewesen. Vielleicht hatten sie ihn als Vater und Soldat betrachtet. Traurig, und doch schien ihr, dass sie für ihre letzten Tage nun wieder ihr eigener Herr war.

Schauli meisterte irgendwie das Kaddischgebet, stotternd und holprig zwar, aber schließlich muss nicht jeder Aramäisch lesen können. Nach dem Kaddisch wollte Mordi unbedingt ein paar persönliche Worte über seinen

Vater anfügen, der seinen Tod selbst bestimmt und es dem Leben nicht erlaubt habe, ihn vor vollendete Tatsachen zu stellen. Noch bei vollem Verstand habe er sich das Leben genommen wie ein Mann, wie ein echter Mann, und wie gut wäre es, wenn viele so handelten wie er.

Dieser Dussel, dachte sich Nechama, ein gutherziger Dussel. Eine unversiegbare Quelle des Kummers. Alles war so bescheuert, beleidigend in seiner Blödheit, verlogen. Und das Einzige, wozu sie Lust hatte, war, heimzugehen und sich ins Bett zu kuscheln, in die Mitte, und zu schlafen. Und am Morgen nicht aufzuwachen, auch nicht am Mittag, vielleicht in der Nacht, vielleicht auch nicht.

Vom Friedhof heimgekehrt, erlaubten ihr Mordi und Schauli und die Ehefrauen und Enkel allein zu bleiben. Nicht ohne Debatte, nicht ohne Protest, aber letzten Endes willigten sie ein. Sie übergab ihnen die großen Plastikdosen mit allem, was sie für die leichte Mahlzeit nach dem Friedhofsgang vorbereitet hatte. Sollten sie mit den Kindern in einen hübschen Wald mit Parkplatz fahren und ein Picknick in der Natur abhalten. Vater wäre froh und stolz gewesen. Hier sind Folienkartoffeln, Salzheringe, verschiedene Salate, Baguettebrötchen, sogar was zu trinken hatte sie vorbereitet. Viel Vergnügen, viel Vergnügen …

Kaum hatte Nechama die Tür abgeschlossen, sank sie auf ihren Sessel, stellte den Fernseher an, den Geschichtskanal. Vor dem großen Schlaf würde sie sich vielleicht einen Dokumentarfilm über Hitler ansehen, und siehe da, es kam noch was viel Besseres: *Coco Chanels Leben und Lieben.* Nechama freute sich an den runden Halsausschnitten, den Perlenohrringen, den Manschettenknöpfen an den eleganten Hemdblusen, die unter den Jackenärmeln hervorlugten, was für Kostüme … Gleich nach dem Film würde sie an den Kühlschrank gehen, sie bekam plötzlich Lust, sich eine Suppe zu kochen, so wie sie sie mochte, viel klein geschnittenes Gemüse, Kraut, Karotten, Blumenkohl, ein mittelgroßer Topf würde reichen. Sie fand es angenehm, dass die Frage der Mahlzeiten vom Tisch war. Für sie war das eine große Erleichterung. Sie würde sich auch eine Erbsensuppe mit Cabanos-Wurst kochen, eine Süßkartoffelsuppe mit Jerusalemartischocken, jedes Mal eine andere Suppe. Schraga war konservativ in Essensdingen, er aß nur Hühnersuppe mit Nudeln.

Sarah lacht und lacht in ihrer kleinen Wohnung, im Beisein ihrer Gesellschafterin, und manchmal schlägt das Lachen in Weinen um. Worüber? Über ihre Mutter, deren ganzes Interesse einem anderen galt, aber der Vater und seine Mutter mit dem Schlüsselbund in der Schürzentasche bewachten ihre Schritte bei Tag und Nacht, damit sie nicht in die Arme des bedauernswerten Kunstmalers flüchtete, der schließlich nach Amerika fuhr und nach Jahren wiederkam. Mutter war schon tot, aber er hatte es für richtig befunden, ihrer Tochter von seiner Liebe zu erzählen.

49

Ein neuer Morgen zog über der Wohnsiedlung auf, so neu wie alle Morgen. Der Kaffee dampfte schwach kräuselnd – Nescafé, drei Süßstofftabletten. Herbstliches Morgenlicht brach hervor. Klar, glänzend und kalt. In diesem Licht sieht alles aus wie in Europa. Eine Zigarette wird nebenher angezündet. Bei diesem Licht sieht man vom Eukalyptushain die Bergzüge Samarias. In diesem Licht weitet sich die Seele, Orangenblüte im Scharon.

Im Park der Wohnsiedlung kann man nachmittags Spornkiebitze, Eisvögel und Störche beobachten. Im Brachland blühen noch blaue Lupinen, wilder Rettich und Aronstab. Gelbe Blumen sind was Gewöhnliches, werden den Gräsern gleichgeachtet. Die Korallenbäume blühen feuerrot, die Jacarandas violett. Der Flammenbaum trägt Früchte in Form großer Hülsen, der Maulbeerfeigenbaum alles verdreckende Schrumpelfeigen. Die Pappeln haben Wurzeln, die sich unter die Bodenplatten schieben, Wandelröschen wird man nicht wieder los. Laubbäume, die die Blätter abwerfen, sind zu empfindlich für diese Region.

Rote Ziegeldächer, Flachdächer, Sonnenkollektoren. Schieferschindeln, Marseilleziegel, israelische Ziegel. Eine kleine Wolke am Himmel, Schäfchenwolken, Federwolken, Haufenwolken. Ein Schluck Kaffee. Ein Zug an der Zigarette. Kuckucksrasen und Büffelrasen, der viel widerstandsfähiger ist. Netze über dem Japanischen Mispelbaum, eine Zitrone vom Ast für den Salat, eine Maus auf der Leimfalle, eine Maus in der Schlagfalle. Ein letzter Schluck. Eine Garagentür geht hoch, jemand bricht früh zur Arbeit auf. Die Landschaft vorm Verandafenster erwacht langsam zum Leben.

Auch Hilali muss sich beeilen. Ein neuer Morgen. Duschen. Um Viertel vor sieben weckt sie Nadav. Ihr gewaschenes Haar fällt auf seinen Hals. »Maaama«, sagt er, seine langen Wimpern kitzeln ihre zarte Haut, seine weichen braunen Locken berühren ihr Gesicht, »Maaama«, kuschelt er sich in die Decke, »Maaama … noch eine Viertelstunde …« Und Mama geht unterdessen in die Küche, macht ihm heiße Schokolade, bestreicht ein Brötchen mit Butter, belegt es mit einer Käse- und einer Tomatenscheibe, streut Salz darüber, wäscht einen makellosen roten Apfel, und bevor sie ihn um sieben Uhr zum zweiten Mal weckt, steckt sie was Süßes in den Brotbeutel, Schokoladenriegel.

Um halb acht, im täglichen Stau, unterwegs zur Schule der Wohnsiedlung, sieht sie ein hellblaues Schild am Zaun der Familie Scharon: *Gabi Chayek – echtes Prestige*. Alles fließt, sagt sie einfach so zu sich, alles fließt.

Deutsche Erstausgabe
1. Auflage
© by Atrium Verlag AG, Zürich, 2009
Alle Rechte vorbehalten
Die Originalausgabe erschien 2008 unter dem Titel
Mitkanim we-Atrakziot bei Am Oved Xargol, Tel Aviv
© 2008 by Michal Zamir
Published by arrangement with The Institute for the
Translation of Hebrew Literature

Aus dem Hebräischen von Ruth Achlama
Umschlag: Rothfos & Gabler, Hamburg
Umschlagmotiv: © Claire Morgan, Trevillion Images
Satz: hanseatenSatz-bremen, Bremen
Druck und Bindung: GGP Media GmbH, Pößneck
Printed in Germany
ISBN 978-3-85535-825-0

www.atrium-verlag.com